花火绣

鲍尔吉·原野 著

The grassland of Huahuoxiu

图书在版编目（CIP）数据

花火绣 / 鲍尔吉·原野著. -- 长沙 : 湖南文艺出版社, 2020.1

ISBN 978-7-5404-9514-5

Ⅰ. ①花… Ⅱ. ①鲍… Ⅲ. ①长篇小说－中国－当代 Ⅳ. ①I247.5

中国版本图书馆CIP数据核字(2019)第299804号

花火绣

HUAHUOXIU

作　　者：鲍尔吉·原野
出 版 人：曾赛丰
责任编辑：苏日娜
内文插画：朝　戈
书签题字：那顺德力格尔
封面设计：刘盼盼
内文排版：钟灿霞
出版发行：湖南文艺出版社
（长沙市雨花区东二环一段508号 邮编：410014）
网　　址：http://www.hnwy.net
印　　刷：长沙超峰印刷有限公司
开　　本：880mm × 1230mm 1/32
印　　张：9.75
字　　数：200千字
版　　次：2020年1月第1版
印　　次：2020年1月第1次印刷
书　　号：ISBN 978-7-5404-9514-5
定　　价：49.80元

目录

目 录

第一章

我经历过奇特的事。

十一二岁，随父母去五七干校发展。干校在红山水库边上，而水库一眼望不到边，跟我后来见到的兴凯湖一样的浩渺无涯。我和一个姓张的大人——张什么，忘了——划一只小船进库里。那时近晚，天地一并瑰丽。虽然我至今不知“瑰丽”作何解，但一定是那天的样子。上船后，世界在几分钟内变了样，庄严纯净，根本不像凡庸的红山水库。大块的天底下是大块的水，都没杂质。刘禹锡诗：潭面无风镜未磨。就这。它们澄明而射橙光，像玻璃罩子。水面的橙光中有碧蓝，波纹一轮一轮推广，像火苗分层燃烧。书说，人死亡前会遇到最美丽（疑为瑰丽）的景色，一点不错。张谁谁划着桨，向水库里划，而不往岸边划，我们就在岸边。他划着，不停地讲话。他在干校没人搭理，平时讲话拉我旁听。放驴啦、浇菜园子的时候，他只独白。蹲着独白、咳嗽，直腰，掐腰，声音越来越大。

小船在荡漾，嗖嗖划向水库中心。现在想起来这是个问题，天就要黑了，为什么往水的深处划呢？我小，不酌量这些事，甚至推想天黑透之后水中的美景，在船里待一夜更妙哉，凉快。突然，炸雷响起，不像天上雷，像水中雷。电光从水面钻上天，四外皆出恶相，黑云浊浪打滚。我傻了，张谁谁抱脑袋哭，呜呜呜……雨如急箭打在脸上，小船里的水一会儿就淹了脚脖子。张双手向外舀水，根本舀不过来。船快要沉了，天黑得见不到张谁谁，听到他哭着（鼻腔堵塞）问我：

你会游泳不？

我刚要说会，他说——会又有什么用呢？记住今天吧，来年今日是咱爷俩儿的周年。呜呜呜……

说着船翻了。我俩刚好趴在翻过来的船底上，我趴前边，他趴后边，分配得挺好。我感觉（幻觉）船在行走。船扣过来还能行走？没听说过，姑且认为它走吧。雨还下，像鞭子"啪啪"抽脊背。我脸贴船底板，手摸木头接缝，它是方块而不是长条拼成的。我明白处境危险，但不怎么怕，放现在吓也吓死了。你看吓死的都是大人，没小孩。中医说小孩子命火旺，胆经勃发，不知道怕。"怕"其实是相当高级的心理活动，人到二十五岁之后才启动"怕"的程序。小孩上房、爬火车，什么都敢干，小孩不知道怕。

我当时想什么现在忘了。雨后来不下了，张谁谁在水里站了起来。他站我面前，身影十分高大，这把我吓坏了，仅次于闻雷。他怎么会站水中露出一米多的身高呢？我以为我们俩已经淹死了，进入生活的另一部分——地狱，那儿不拘水深水浅。

下来吧。他说。

我哪敢下去，他拽我胳膊，入水，一脚踩在地上（沙滩，流沙淤泥像牙膏从脚趾缝细腻钻出）。地狱原来是这样。张说：上岸了，阿弥陀佛。

我小时候不爱讲话，其实有一肚子话要问：这是天堂还是地狱？刚才怎么回事？进地狱都要坐船吗？

张在前面走，我在后面跟着。雨后的天空非常明净，夜空如同一个筛子，露出无数星光。筛子外面有更亮的天体，从筛子眼挣扎进光。我们上坡，我偷着回头看一眼，水上静了，布满星星。

他咳了一声坐地，脱衣服拧水，没脱裤衩。我也咳了一声坐下，脱衣服拧水，我没裤衩。他见我没裤衩，又咳了一声，转身脱裤衩拧水，穿上全部衣服。我穿上裤子小褂。他垂下头，哭起来。起初，吭吭吭，哭不上来，像用一瓢水引洋井。接着哇地哭了，啊——啊——啊——声音拉很长，渐弱，至无声，气全吐尽了，但少一拍，吸气。更大的哭声——啊——啊——啊——抬双脚拍地，憋的。我在心里计数：1，2，3……8，9，一共九个数，他迸发号啕。那时我正跟干校吹长笛的俞小飞学习西洋乐理。

他收声之后，我问张谁谁这是哪儿呀？他说你站起来看看。

我起身。喔！这不是咱们学校吗？辽建三团人民子弟学校，亮灯是打更老头那屋，边上柳条围的是乒乓球室。喔！数学老师姚嗣屋里也亮灯。他是上海人，瘸，喜欢鸟，连捕带吃，架火烤，这工夫可能正撸麻雀毛呢。大浪把我们卷到这儿来啦？太好了，离我们下水的地方十里多远啊！如此短暂结束漂泊生涯，我竟有些留恋，不过地球还是比地狱好。我说我回家了。

张谁谁拉住我，今晚的事谁也别跟别人说，跟你妈你爸更不能说，行吗？

行。

绝对不说。

绝对。

那时我刚跟俞小飞学会“绝对”这个词，这么快就用上了，真让人高兴。我又说了两次：绝对！绝对！

你知道谁送我们回来的吗？

谁？什么谁？不是趴船上漂过来的吗？

不！他站起身前指：乌龟，乌龟大仙送我们上岸的。他向水库鞠躬，时间长极了，把鼻涕都控出来了，呼隆哗。他直腰擤鼻涕，又鞠躬，左手按我脑袋，让我也鞠躬。我顺便看他鼻子，一点点出泡。

这是我经历的奇特事件之一，船翻了，龟驮我们上岸，让我们又多活了这么多年。水库有许多龟的故事，这是另外的话题。过了三四年，我家从红山水库回到赤峰市，学校换到赤峰二中——我悄悄跟别人说起这个事，神秘地、一点一点透露，但没人信，谁都不相信这是我的经历。从那时起，我得知生活有一个特性：越是真话越没人相信，而且毫无理由地不相信，就不信！人们信，只是喜欢信而已。比如信一些荒唐的事情，水变油什么的，不相信真相。

我跟木兔子、小瑞之流讲这个事，他们说荒唐。我第一次听到“荒唐”这个词，从发音和木兔子的表情就知道这不是什么好词，跟“烂脖梗子”差不多，因为这个还跟他打了一架。

从龟背回到陆地那天晚上，我回到家。

我家离水库不远，是干校分的土坯屋，全家住。前边一栋和左右邻居都是单身，后来我跟我爸也到炸药库住单身了。水库边的邻居有蒙根仓、大海……好多人。他们都二十多岁，晚上坐在高岸唱苏联歌曲，晚风吹衣，女的把辫子披散肩上。有一首歌现在还记得：在遥远的地方，那里云雾在荡漾。微风轻轻吹来，飘起一片麦浪。这是a段，舒展辽阔，下句说上句的事。不像现在的歌词，相互不挨着。b段特好听，你在——，每日每夜——里，永远——永远地盼望——盼望远方的友人——寄来，珍贵信息。顶针续麻，中文译配得好，会安排字站脚的位置。头一句直达高音C，作曲很少这么弄，敢干。后三句阶梯下行，每句踩头半句肩膀头，非常和谐，说出人心无限微茫中的一点美。歌说——你在，每日每夜——里。让人猜不透，“你”是谁？歌里没说。咱们的歌“我在，每日每夜——里”，他们的歌“你在——”。这是乌克兰歌，2006年，在北京跟雪波、静之吃饭，那天晚上下雪。静之用美声唱这首歌，声波像把空气吹破了，我一下想起红山水库。水库高岸，住单身的人归属广播电台和机关学校。有一位孟老师刮完脸，脸全是青的，我不由得想起青面兽杨志。孟老师为什么不姓杨？好几次想问他。他走路脚尖往里拐。

我回到家，见我妈趴炕沿抄别人的学习笔记，我爸躺炕上，手抱头自言自语。他当时精神病时好时坏，赶驴车从新城往五连拉水，一天一趟。我姐用碎花布缝一只脚踢的口袋。我甚想嗖地蹿上炕，大喊：我没死，乌龟把我驮回来了！没敢，非挨揍不可。

一个九死一生的人，如此轻捷迈门槛回到家，没人哭，没有拥抱，没有评说，是多么大的浪费啊！他们甚至没抬眼看我，我妈说饭在锅里，又说把鞋扫一扫。你对一个从惊涛骇浪中返还的人仅仅说“饭在锅里”？为什么不问在乌龟背上颠簸是什么滋味？我决定用不说来惩罚他们。后来，我觉得我在那天晚上飘然进屋过于空灵了，不像是人，而如鬼魂。我问我妈，你见过鬼魂吗？她说没有。我又问，如果一个人淹死了，他的魂会在夜晚微笑着回家吗？我想好了，假如她说不可能，我说我就是。但她说：呸！连吐三口唾沫用脚踏三下。离水库这么近，你怎么说这样的话，想让淹死的鬼魂进咱们家吗？呸！呸！

这只是我经历的奇特事情之一。还有好多。在翻船这件事上，还有一些细节——张谁谁趴在龟背后半部分，说了好多话。他以为要死了，把不敢说的事全说了，说他犯过的错。此后，张谁谁见我形同陌路，不理我。再往后，他疯了。可能他担心我把他说的话说出去，压力太大，比现在演艺明星压力都大，疯了。我怎么会说呢？跟谁说？我告诉我爸，我爸一定问我——你怎么知道？我不就露馅了吗？

第二章

下面是我最近经历了的事，比以前的都奇特。

今年夏天，我去长沙开一个名为“美术长沙”的会。这个会从北京请了好多美术家和美术评论家，包两架飞机，空中开新闻发布会。会只是一个开幕式，在博物馆门前开了一下，我没听清主持人到底说些什么。议呢？会议主要是议嘛。此会没什么议，大家会会。其余的议在叫什么“库”的酒吧接续，自愿出入，我没参加。我住的酒店叫“景天大酒店”，长沙人称“老景天”，有别郊区的新景天。新景天我也住过。

说，会上没什么事了，我上街买一些土产，鸭肉小点心，去邮局给我老婆寄回去。回来的路上买了包白壳壳香烟，没牌子。卖烟女郎说内装都是中华烟。

我出门打开烟盒抽出一支，心想那句话——内装都是中华烟，十五元一包。绿灯亮了，过马路。奇特的事从这一刻发生，持续了好几个月。

刚才说，过马路，我把烟揣进兜里，猛见几个人向我小跑过来——不是一个方向，从不同方向——从我左手方向、右面和对面，我以为是穿越马路的人，有人过绿灯经常小跑。他们向我跑过来，跑得不快，像掩饰自己的跑。四五个人全穿黑西服（长沙人穿短袖）、黑衬衣，脚下皮鞋很亮很软。

我一跃冲过马路，跑步这么多年，瞬间加速能力强。这几个人围拢来，招手。我想，跑呢还是应对他们？老景天酒店就在对面，我不能往外跑，不熟悉长沙地形。停下，我慢慢向后退——打架如果一对多，背要靠墙，腹背不可同时受敌。记得我身后是一处店铺——休闲养汉馆，要不就叫养生汗蒸馆。我缓缓退到大玻璃窗下面——靠窗有一把晾晒的拖布——脚踩拖布一提，棍脱出。我把木棍拄在胸前，如田间农民，接待这几个真相不明者。

嗨，他们跑近。嗨什么嗨？一人伸手与我握，不握。他们分明来抢棍子。

恭喜你！他伸臂拥抱我。我右手握棍，左脚踢起另一头，指他们，别过来。小时候，我练过几天不成样子的武术，包括棍。刚才这下叫起势，吓唬人，表示自己不虚弱。

他们四五个人全有惊喜的笑容，一模一样，骗子。我略微想了一下棍术要领——扫、挑、拨、戳、砸，够了。

恭喜！恭喜！你成为中国大陆第三个被雅罗斯拉夫公爵夫人基金会选中的人类代表。

什么基金会？

请把棍子放下，雅罗斯拉夫公爵夫人基金会。

棍子是祖传的。我怎会冒出一句“祖传的”呢？破拖布把，我祖先——蒙古语叫“德顶门”——怎么往下传这破玩意儿？你们干吗？

是这样，我们只是荣幸地通知您的当选。

交多少钱？

跟钱没关系，至少现在没关系。他手里拿出一个B5规格的手提电脑——奇特的事情从它开始——我们使用了全球定位系统，为雅罗斯拉夫公爵夫人基金会选择人类代表……

我代表不了人类。

我们首先按指令选择了中国中南部——长沙，这些指令由卫星发布。最后一个指令在十四点四十三分发出，长沙解放路与怀民巷交叉路口的男性中国公民，就是您。

啪啦、啪啦，他们鼓掌。

我看看。他把电脑屏幕转向我，一张卫星地图。推近：街区，我在上面。调出立体图，我正看香烟。

他们不像黑社会的，整洁谦和，黑社会进步得不能这么快。他们谦恭地盯着我手里的棍子。

让我干吗？

我们可不可以坐下来谈一谈？

坐吧，我指地下。

这……可不可以到附近的咖啡厅坐一下？

我领他们进老景天酒店。

酒店大堂堆满新潮美术家、评论家和家眷。他们随身携带的女眷身高脚长，个子比一般人高出一头，瘦如纸盒箱子拆了拼凑的，胸腚太平。一个记者说画家自卑，太自卑了，找高个女友拉架子壮胆。我说画卖一千万一幅还自卑？记者说两回事，画家自卑。我不知画家为什么自卑，因为光头（后颈横肉褶）、细胳膊细腿大肚子？我眼前的画家是画粉色大光头那拨人，表情不着边际，像田鼠在洞口透新鲜空气。他们的女眷们腿长，移动不灵便，手停胸前但没杯子，在酒吧养成的习惯，面庞长期微笑而惨淡。这个会议没有议事室，大堂替代。他们微笑着，构思自己下一个手势或说什么话。一位六十多岁的潮人剃莫希干发式，前后一绺两寸宽栽绒般的头发白了一多半，剃光的头皮不青反紫。连光头也是年轻人剃着好看啊，精壮。他穿中式小褂，挎兜装不少东西，下坠。

我们坐大沙发里。我把五公斤重、约有烤馕大的人造水晶烟缸拉到身旁，一会儿搏斗用。

他们首领说，我们尊重你的意愿。

我说我忘了是什么事，你们用卫星把我罩住，费这么大劲让我做什么？

首领递名片，我叫牛必得，请指教。他手指甲修剪得整齐。相声演员王平说，指甲有泥人品肯定不好。牛必得双眼看我，神色专注。他的助手们穿戴得体，都像见过世面。骗子现在都成这样了吗？

你说吧。

牛必得谈吐清晰平静。我惯于以说话是否清晰平静判断这个人的思想混乱还是整洁。对，思想应该整洁。一个人的语调、节奏和语气，几乎可以代表修养的一多半。这只是我的看法，没征求别人意见。那些前言不搭后语、不知自己说啥、无由添加口头语、说话眼神空洞、爱用反问句问别人的人都像身体里的自由基，用腾格尔的口头语说——什么玩意儿?

牛必得说：卫星定位选中您只是这件事的开始，我们按基金会的指令在执行一个计划，并充分尊重你的个人意愿。

让我到海地当总统吗？不去。

计划中没有这一项。我们的计划是请你参加一个活动。活动内容并没有硬性规定，参与并截取生活中的一些片断。截取也不对，在时间面前我们什么也留不下。

别谈哲学。

是的。我们用不同方式选择一些人到中国的一个偏远地区生活一段时间。选择的方式有自愿报名，或者是小行星莫里斯九号穿过黄道73度时到腰脱门诊看病的患者，或者是《新闻联播》播出最后一条时在超市买牙膏的人，或者是在火葬场偷花篮倒卖的人，或者是买陶瓷马桶跟售货员吵架的人，或者是被他们国家抛弃的诗人……

这是谁的创意?

公爵夫人。或者是穿条绒裤子不穿袜子的人，或者是厌倦自己工作的麻醉师，或者是每天凌晨两点起床散步坚持六年以上的人。

组织他们干什么?

其实，他们愿意干什么就干什么，基金会不限制。

你们从中获得什么?

刚才说过，我们只是执行基金会的指令。雅罗斯拉夫公爵夫人说：让不快乐的人快乐，让快乐的人更快乐。这算是宗旨吧。但这太难了。不快乐的人太多，不快乐的理由也太多。怎么让他快乐？请他抽中华烟他也不快乐。

我拿烟卷看，里面真是中华烟。

让快乐的人更快乐，这更难。例如他快乐是因为考上了北京大学，怎么让他更快乐？除非让耶鲁大学录取他。英国公布的全球大学排名榜，中国大学无一所上榜，耶鲁排第一。有一个办法，先说北大录取他是假消息，然后告诉他是真消息。我们知道有很多人快乐，但不知道他们各自为什么快乐，也没有办法用我们的能力使他们快乐。

有一位穿红衣的侍应生走来，他的圆桶帽子和裤子镶着金边，轻声对我说：先生，把您手中的木棍交给我们保管好吗？

噢，我一直拄着这个养汉馆拖把的棍子，挑、扫、戳。我说送给你做个纪念吧。

侍应生接棍，用打火机把我的烟点燃。

我说你们想把我弄哪儿去？

内蒙古东部丘陵草原有一个地方，叫花火绣，时间为一个月，费用由我们承担，你不需要承担任何义务。

到那儿干什么？

牛必得犹疑一下，我只能说您到那儿生活，按您的意愿生活。

还有什么人参加？

中亚诗人扎伊诺。然后你会陆续见到其他的人。

我说我很高兴参加你们这个完全没有功利性的活动，向雅鲁泽尔公爵致敬。

雅罗斯拉夫公爵夫人。

夫人，她结婚了？

夫人刚刚办完第十五次婚礼，她今年八十九岁，夫婿是一位乌拉尔风格的银匠。

她……

她是捷克人——我替您回答。夫人继承了一大笔遗产，在中国藏南地区修了四座完全小学，藏语授课。她向英国王室捐赠了白金汉宫第七十四到一百四十一级大理石台阶。

很好，雅各布斯基夫人要召见我们吗？

雅罗斯拉夫公爵夫人永远不见被赞助人。

她的钱还有余裕吗？

您指的是……

我的采暖费你们能给交吗？

我们负责您从居住地到花火绣的路费和在花火绣期间的生活费，包括通信费、交通费，不包含其他消费。

算了，我的采暖费不要了。在花火绣每天的生活费是多少？

每天三百元人民币。

拿来。

拿什么？

钱。

噢，我们会在您到达花火绣时给您。现在请您回答几个问题，如无异议，请在这个协议上签字。

问吧。

您是人类吗？对不起，捷克法律规定只有人类才能接受基金会以现金方式的资助。

我很高兴第一次有人问到我的类别。我是人类，或叫灵长类，什么纲属目，我记不清了。

没关系。您的性别？

男。

您眼睛和头发的颜色？对不起，这属于必答问题。

下面会不会问我头发的根数？问的话，我不去了。

不会。

黑色。

您的脏器完整吗？这是医疗保险所需要的。

没阑尾，也没有松尾芭蕉。

他查表格，没松尾芭蕉这一项。您的姓名？

我把身份证给他看。

噢。边上一人打开手提电脑搜索。噢，您去过图瓦。2007年7月6日，您在小叶尼塞河边撒过尿，方向是东南47度角。你在德国超市买过三包喂狗用的核桃米。

我确实在斯图加特买过核桃米，竟然是喂狗用的？我已煮而食之。连这样的信息也会有。我去看电脑屏幕，英文。

西班牙文。他说。

你们怎么会有这样的资讯，是谷歌吗？

不是，我们有自己的搜索工具。

那我说我是周武菊呢？

您……说的，他摆弄键盘——如果是广西羽峰县的周武菊，他因破坏军婚罪获刑三年，他得过肋膜炎。他岳父是陕西蒲城人，私自腌制食用猴肉导致半身不遂。

太好了，世上竟有这么好的搜索工具。查谁呢？我想查的人太多了，当然我不能查国家领导人。你查一下××，他是我在赤峰最好的朋友。

××的资讯有三万两千零五十六条，他去年的收入是十七万三千五百元。

××昨天刚跟我通完电话，说没钱了，要上吊。

××最近在赤峰新城区买了两套住宅。他去年因为附睾炎住院治疗，感染病毒是肺炎衣原体。

腾格尔有什么资讯？

对不起，不能回答你。这里面显示腾格尔在斯图加特住过，你曾去过他的故居，看他的帽子。你还有什么问题？

我想知道的太多了，李白是不是羌族人？巴赫怎么会一星期步行七百公里？我楼上女邻居的丈夫好像是两个人，双胞胎兄弟。海豹油真能驱逐低密度胆固醇吗？作曲家鲍罗丁是化学家，他对化学有什么建树？

这个搜索工具像剥洋葱的刀子，可以去掉许多人的包装。我见过一个人把脚丫泥晒干了卷到烟卷里吸食。还有，我妈的同事把自己父亲骗到义县火车站上车走了。所有的隐秘像淤泥沉积在河床底下，而河水在上面流淌。我突然明白，如果了解熟人的全部隐秘，你没办法面对他们。你知道了以后，你将独自扛着这些烂事，烂事每天在心里过一遍，污染你。当然每个人也都做过一点好事，这些事他们自己早已说出去了。

身体状况？

我就我所知而言还算健康，而哪一种酶到底怎么样，甘油三酯在搞什么，我不清楚。

下面的问题你可以不回答：职业，对NBA的看法，近亲中有无阿尔茨海默病的病人，有无晕眩史，宗教信仰，喝过尿吗，会使用哪几种乐器，见没见过破伤风晚期患者的凝固性微笑……

凡是可以不回答的我都不回答。我跟牛必得——雅罗斯拉夫公爵夫人基金会签了协议，在不违犯中国现行法律法规和不给任何人类及动植物带来伤害的前提下，加入这个活动。参加此活动不意味着赞同雅罗斯拉夫公爵夫人的婚姻观和基金会的观点与做法，不通过本次活动提供任何产品。牛必得说回答这些选答题其实没有实际意义，就是看人的诚实度。

他们——总共四个人。有人穿蓝西服而不是黑西服，里面白衬衣。有一个人没穿西服，着T恤，上写一行小字，只有像我这样毫不花哨的眼睛才看得清：太平天国是中国的灾难。我问牛必得：你们是雅鲁藏布江基金会的人？

我们不是雅罗斯拉夫公爵夫人基金会的人。按惯例，基金会的人不能着手执行，要雇用第三方操办，由他们和另外一家中立公司担任监事。我是上海美兰默兰咨询公司高级合伙人，这两位是我的助手。另一位是监事，南京宿马会计师事务所事务官，即办公室主任。“太平天国是中国的灾难”站起来鞠一躬。

喧哗。一个穿短裙的中年妇女拎拖布头，一手扯门童红袖子，门童朝这边指。“太平天国是中国的灾难”跑过去，掏出十元钱给短裙中年泼妇：我们买下这个木棍。

泼妇仰脸，拖布头卖给你们算了，一根布条一毛钱，五元，便宜你们了。

女人得到十五元钱。她在大腿胃经走向的肉上蹭钞票水印头像，对着阳光看。她对她的同乡发出大笑。

第三章

花火绣在西拉木伦河南岸，这一片属于昂努德草原。

你如果来自傲慢的大都市或繁荣得如同垃圾堆开花的小城镇，到昂努德来，会觉得自己的人生有一点点失败。怎么到这里来了？荒凉，一片望不到边的土地。这里没有能让人施展能量的空间。没麻将馆，没足疗阁。最落后的是这里没妓女（我妈读支女）。人要是下边老实了，上边（头脑）大体也老实了。

花火绣的娱乐场所只有一个练歌房，起名“唱歌室”，是一个种西瓜的汉族人开的。人们不去唱，晚上袖着手隔玻璃窗看谁唱，但没人唱。花火绣的人在家里和荒野上唱歌。诺金（税务员）说：人拉屎才进屋拉，唱歌还要进单独的房子里吗？唱歌室的老板很惭愧，仿佛侮辱了歌，见人就说“瞎闹，瞎闹呗”。昂努德草原的宽阔，让人眼睛的视野有了用处，你能察觉自己能看多远、多宽，这在城市办不到。这里的大地，从哪一个角度看都是与天空连接的黑色的泥土。地上没什么乱七八糟的东西，除了草和动物，没有工厂这类产业。土地还活着，它们翻身、睡眠、休息，在青草的生长中奔跑。你觉得土地是一个健康流汗的农民。

花火绣是一个镇。它说它是个镇，却看不到镇的威望。楼什么的都没有，有街。长的街很长，是公路的一部分。头顶太阳能罩子的房屋盖在路旁，剩下的房子星散各处，像天上落下的陨石，牧区就这样。“镇”其实在镇政府的牌子公章和公笺名头上，要不谁也不知道这是镇。

我住哪儿？按牛必得的电子邮件，住在税务所。牛必得说这期间将发给我电子邮件。他把我的经费（牛必得坚持叫稿费）汇到镇上的信用合作社，税务所的宿费（含伙食费）已由他们垫付了。

我无端地感到高兴，不是因为经费，税务所粉红色瓷砖贴面的房子像新娘站在荒野，上空大朵的白云像被它买断了，只在税务所屋顶漂泊。不锈钢伸缩门液晶电子显示牌红字是：**2049年10月16日　星期六　祝您愉快**。我喜欢这种幽默。

我拍门，一只白猫跑出来。它的黑尾巴像从黑猫身上截下安装的，对我叫一声。我说雅罗斯拉夫夫唱妇随，白猫吃惊地跑了回去。出来一个女人，没尾巴，打开门说，都来一个人了。

这话有意思，不问你是谁、你找谁、你贵姓，说都来了一个人了。一共要来多少人呢？进税务所，空荡荡的一个人都没有，他们周三齐税。我没看清女人长什么样，从后看，她腰肢扭摆生风，声音充满欢愉。

嗨，旅伴！一个人站门口招呼我。他高大威严，脸上带着热烈的笑，是外国人；胳膊粗，金毛在逆光中如蒙一层绒。我还没反应，两只手已被他握到手里。

我可以叫你礼萨吗？

我不叫礼萨。手从他手里抽不出。他呼吸粗，长得像中亚的高加索人，很自信。

可不可以叫你波斯波利斯、马尔盖、乌尔米耶，这三个名字随你自己选，是中亚的城市和湖泊。

这是那个中亚诗人。你不要给别人起名字，这在中国不通行。我不明白你的汉语为什么说得这么好。

我是你见过的最好的人。我叫扎伊诺，出生在中亚伊斯法罕的扎因代河边。你听说过吧？伟大的伊斯法罕，古代波斯的首都，国王大清真寺、伊玛目广场、阿里·卡普宫都在那里，是伊斯兰建筑的杰作。但伊玛目广场建于十七世纪，国王清真寺建于阿巴斯一世时期。

你好，扎伊诺。

谢赫洛特芙拉清真寺的圆顶一天之内颜色出现不同变化。

扎伊诺，你有什么禁忌，现在告诉我。我不希望我们之间有什么不愉快。

扎伊诺思索。他四十多岁，红T恤、灰裤子都是中国产的，手上戴四五个纹样特别的白银戒指。他想了半天，喜欢女人算恶习还是美德？

嗯，你还有什么爱好？

吃饭算爱好吗？我喜欢看星星和草上的露水，喜欢喝一点点酒。作为穆斯林是不应该喝酒的，但我不是穆斯林，嘿嘿。我们那儿到处是波斯人，还有塔吉克人，但我是阿泽里斯人。我喜欢你的坦率。这是我的猫，我每天用芝麻油抹它的胡子，胡子开始红了。

猫坐着看我，胡子像螃蟹爪那么红，它倒像波斯人。我觉得扎伊诺是很好相处的人，单纯。

鲍，我可以叫你鲍吧？握手的时候，我的手告诉我你是幽默的人，但从你脸上没看出来。我的手还说你很细心，说你夜里要撒三次尿，对吧？我的手说你善良但思想迟钝。

扎伊诺，我的手说我想睡一觉，它说睡完觉再聊。

我的手也这么说。你如果在梦中见到海蓝色的穹顶，那是伊玛目清真寺的正门。而你梦到的桥是卡珠桥，它分两层，对吧？有很多门，其实它是双层拦河坝，都在伊斯法罕。

我还没梦到呢。

睡梦中，我梦到的是扎伊诺的猫变得超大，它的红胡子上站不少人，分四五排，一根胡子站一排人，弹三角琴拉巴扬，有歌唱也有呼麦。猫的眼睛变成了LED屏，切换这些人的表演。其中有一个人我认识，他原来在赤峰广播电台录音组工作，现被调到转播台。我问这是央视春晚吗？猫说是，从尖牙喷出冷烟火，胡子上的人踩着溜冰鞋顺胡子拥入猫嘴撞寒山寺的钟，中国驻塞浦路斯等国使领馆人员致人民电，祝贺虎年春节。真是春晚，猫没骗咱们。猫和虎，同纹同种，一衣带衣，是本家。钟声响完，猫耳朵里跳出西伯利亚虎、孟加拉虎、苏门答腊虎和马三立，一个耳朵里出俩。咱们给大伙说段贺岁相声。马三立说。三只虎点头。马三立：山东阳谷县出了个武松。三只虎捧哏：但那里的人不爱养猪。马三立：武松他嫂子熬菜好。三只虎：潘金莲她妈吃低保。这个梦不怎么好，属于语言类节目。我又梦到一座花园，白色大理石台基高五点五米，被抹去四角，四角耸立四十点六米高的白色圆塔。我做梦能梦到准确高度，醒来就不行了。中间一座塔嵌着土红色的凹廊，背景的蓝天穿插渗透，下面的水池长满青草。我在梦里甚至想起了扎伊诺的话——卡珠桥、双层拦河坝。那里有桥？

这时醒了，有人敲我的玻璃，那个女人，手往北指。

我跑出去，女人拉我袖子往后院跑。诗人死了，她说。我们这儿从来没死过诗人哪！你快去看看。

后院一片菜地，长腰的马蜂在萝卜开的小蓝花上扑腾。诗人呢？扎伊诺仰面朝天躺在墙根向日葵下面，这就是死了吗？我伸手探他鼻息，有还是没有不清楚。揪一片向日葵花瓣在他鼻下，不作为。翻眼皮，瞳孔还是黄的，仔细看像月球表面的照片，灰中带蓝，有起伏的丘陵。

死了！女人喊，吓我一跳。

他来的时候是死的吗？

什么？女人反问我。

我悟出自己问的是句蠢话。诗人死了多长时间？他至少跟我说话时还没死，也没垂死。他说什么来着？卡珠桥、清真寺顶上一天之内发出不同的光。你听过他说这些吗？我问女人。

女人点头。证明咱们不是做梦，他给我起三个名，他说他是我所见到的最好的人。对吧？

女人用高出三个八度的尖声喊：他被毒死了！

被谁毒死的？

喜鹊！

喜鹊把中亚诗人毒死了？自从我走进这个院子就没听人说过正常的话，这句是最离谱的话，喜鹊把人毒死了。

女人跺脚，拍大腿，用赤峰南部农村出殡的行腔吐字方法哭道：完喽！毒死个人喽！你缺老德喽！阴曹地府登记了你的名喽！不行！

她一激灵跑了，从地头抄来个蓝塑料舀子，进厕所舀了三分之二容积的屎尿，约四百五十毫升，捏扎伊诺的嘴成方形，灌进去。这一切在连贯的、毫不犹豫的状态下完成了。我的意思是我即使想拦也拦不住这个女人，她太熟练了，像灌过一千个人。扎伊诺胸腹开始耸动，进去了。

太好了！女人眉开眼笑，又去取。我说你别灌了，会呛死他。

反正他已经死了。

不行，我从惊呆中缓了过来（我惊呆的时间比一般人长一些），不能让这个傻×娘儿们胡整。我把浇地的胶皮管子抄起来，拧开龙头冲洗扎伊诺。拉他到矮墙上，头朝下，冲洗，压他后背，扎伊诺吐一摊。接着冲洗，他睁一隙眼睛。我发现他右手抬起来，拳攥着，掰开，有一纸团，上写道：I have low blood sugar problem.

在英语浩如瀚海的词汇里，我就认识这几个单词。又读了一遍，没错，这是“我有低血糖病症”，因为我就有低血糖症。在德国旅行，我兜里也有这些英文单词，不过是写在卡片上塑封的。

你去熬红糖水，端过来，快！

女人比兔子跑得还快，一会儿就端过来红糖水。她用两个玻璃杯把水折凉，给扎伊诺喝。刚喝，吐出来，又喝又吐，剩下的都喝进去了。

扎伊诺喝完爬起来，看自己的湿衣服。这是什么？比遗精还难看，他说。走两步，他又吐起来。

再去熬红糖水。

我掰两片向日葵叶子当手套，架扎伊诺回他的房间，屋里有浓郁的印度香气。他自己取出葡萄干吃，说，好了。我有低血糖症。但我为什么会吐呢？喷射性呕吐，这是脑膜炎的症状啊？他说。

我告诉他我的梦境。

你梦到的是泰姬陵，他说。

第四章

我来到花火绣有好多计划——每到一个新地方，我都把原来实现不了的计划搬到这里挽救，比如读书，写这个写那个，拿着植物图谱走遍茫茫大地辨识花草树木的特征，夜晚观星一小时，早晨看东方日出。这只是计划。我总是背着许多书籍和稿纸从出差地回到家里。我在斯图加特王宫学院401室抽屉最里层存放了五本方格稿纸，不要了，啥都没写。花火绣是红山文化发祥地，我打算……

嘿嘿嘿，嘿嘿……我抬头找，这儿童式的嬉笑声从哪儿发出来的，墙壁吗？嘿嘿……像在桌子底下。趴桌子下面看，没儿童。像在抽屉里，抽屉里有一张纸——防火须知，还有一个药盒——妇科千金片。嘿嘿嘿……这地方太怪了！嘿嘿，嘻嘻嘻……床底下，里面一排铝制折叠椅子，拉出来，有一只猫。猫能发出儿童的笑声？别瞎扯了。我拽猫的毛胳膊，拉出来。噢，胡子确实红，红而透明，辣椒色。扎伊诺的猫。

你是从中亚来的吗？伊斯法罕，扎伊诺是不是在吹牛？是你刚刚在笑吧？猫用粉色的抹布式的舌头飞快舔舔嘴巴四周，黄眼睛坚定地看着我，瞳孔窄立。我佯笑——嘿嘿嘿……

嘿嘿嘿嘿嘿……猫张开嘴大笑，笑出声。我一愣，或者说身上有些抖，恐惧有时是常识被颠覆。真正的恐怖，比如战争爆发，人不一定恐惧，反而有人乐。

不会是你在笑吧？我把耳朵凑它嘴旁，顺便用手胳肢它腋窝。

哈哈哈……猫哈哈大笑。

成精了！我往外面跑，这不是个好征兆。扎伊诺笑眯眯地站在门口，我的猫在笑。鲍，你不觉得奇特吗？

何止奇怪，简直受不了。

我的猫是乐观主义者。他抱起猫，从口袋里拿出扁玻璃瓶，倒出几滴油在手心，捋它胡子。我的猫喜欢听幽默故事，你讲吧，它还会笑。

我给猫讲故事？我够蠢了，但还没蠢到这种地步，你讲吧。

我不用塔吉克语和波斯语讲，你听不懂。用汉语讲，它照样会笑。是吧，楚克？

猫打个哈欠，它叫楚克。

猫笑的时候，两瓣裂唇上拉，露出红嘴膛。在咱们门牙的位置是猫小的、看不见的牙芽，两颗尖牙把门。它笑着，舌面微微颤动，脑袋跟着哆嗦，挺吓人，像谄媚，又像抗议。

楚克，坐好，我要给你讲故事。猫坐好，前腿并在一起。有一个医生到一家餐厅吃饭，他坐下看菜谱，女服务员用手抠自己屁股。过一会儿抠一下，医生忍不住问：你有痔疮吗？女服务员很生气，说：按菜谱点菜，没有的菜别瞎点。

我哈哈大笑，太可笑了。扎伊诺说：你没看到猫笑吧？有时候，它笑得没声音。你听着。医生问：你有痔疮吗？女服务员生气了，你按菜谱上有的菜点，别点没有的菜。

楚克仰脸笑，眼睛眯至无缝，没声音，红胡子往下垂，太可笑了。

猫发出笑声是可疑的。猫发声的动力源仍然是气息，鼓动声带，在头腔共鸣，这一点猫和人相似。猫所有的话语——千言万语汇聚成一句话——喵：miɑo。从猫的听觉来判断，喵可以表达十几层意思，语气语调不同，但人耳朵听不出来。从语音学说，喵是开口呼，双唇闭合才发出m，i和ɑo是开口说出来的。喵，发这个音很容易，而嘿嘿复杂得多。heihei，张嘴，气息从上颚吐出；哈哈haha，舌抵下齿龈，猫没门牙，漏风啊。

你给猫的声带动过手术吧？

鲍，你很聪明。我找一位法国医生给猫的声带和上下颚都动了手术，顺便把它胡子染成了干红葡萄酒的颜色。这位医生是歌剧演员的恩人，给多明戈做过手术。猫的手术费用由伊利诺伊大学语言分校的曼宁教授承担，他是研究古代埃及语的专家，猫就是从埃及走向世界的。一共五千欧元。你可能认为太多了，不多。这笔款包括猫手术后每个月的营养费六十欧元，一共二十四个月。手术之后，曼宁教授企图教它朝鲜话。法国医生不同意，说欧洲与亚洲话放在一起学习，容易得自闭症，必须先学好一门，再学另一门。人掌握一门语言是奇异的事，至少要记得三千个单词，你不觉得奇怪吗？

我不奇怪。

我也是这样回答曼宁教授的。关键的事情在于这些单词是怎样被记忆的。单词不可能记在屁股里。

嘿嘿嘿……猫笑。

扎伊诺瞪了猫一眼。语言，你最初学来的是声音。声音无法贮存，它要变成电信号，也就是数字信号存在大脑里。说大脑，楚克就不笑了。关键是你如何把电信号的单词还原成声音信号，这里面的介质是一种胺，它通过神经突触的轴索还原信号。江声不尽英雄恨，天意无私草木秋。这是你们陆游的诗。我通过我自己的胺把这两句诗记住了。那么，楚克笑的时候，通过核磁成像技术观察组织胺的变化，跟人类加以比较。这属于化学语言学，或者电子化学语言学。楚克身上植入了一个芯片和一个微型麦克风。我们的谈话和猫的笑都会发送到曼宁教授的语音邮箱里。

那我们说曼宁教授是个二杆子，他会听到吗？

他会听到，但要请人翻译。

我说个复杂的：万里悲秋常作客，百年多病独登台。

曼宁不懂中国古诗，他关心的是猫的反应。法国的发声整形专家说，不要教它说瑞典话和挪威话，自杀的概率相对高一些。

可你是怎么让楚克懂得流氓笑话的呢？

你所说的流氓笑话实际是性的现象。在这个世界上，从印加平原到中国，再到日本、澳洲和北美大陆，性是唯一体现平等和温暖的东西，当然是在当事人自愿的情形下。我说的对不对，鲍？世上所谓好事对他人意味着坏事。金钱，有人赚钱乐了，其实是剥夺了别人的钱或劳动。不可能两个人都觉得好。有人吃饱了，就有人挨饿，他吃掉了别人那一份。权力更是如此。只有性是仁慈的，这是尼采的原话。但所有的教育都在攻击性，指责它肮脏、罪恶，让每个人受到压抑并为此矛盾痛苦，耗费了可怜的一生。楚克笑，是因为我告诉它性是可爱并可笑的。我告诉你问题的核心，但你不要跟别人说。它不懂幽默，只有人才理解语言中的幽默。在大脑里再现场景和对话，这需要不同寻常的智力，楚克没有这种智力。我用加勒比鱼干诱导它遇到一些词汇应该笑，比如子宫、屁股、妓女、处女，还有很多，包括法语、英语、俾路支语和波斯语里面的这些词汇，听到了它就要笑。我告诉你，笑，有时仅仅是一种习惯。比如你们看赵本山的小品，其实一点都不可笑。他的小品在嘲弄劳动者的愚昧，而卓别林在歌颂劳动者的可爱，这是他们俩的区别。

那我讲个笑话看它笑不笑。

讲吧，要跟性有关。

说，有一个妓女，猫哈哈哈笑起来。它笑完，我讲：有一个妓女……它又哈哈笑，对着我，又对着扎伊诺。我说有一位女人，自慰（我料它听不懂），用火腿肠（能听懂吗？不可能吧？）自慰，把塑料包装皮落在里边。猫没笑。有一天一个嫖客……猫哈哈笑。嫖客原来是发笑的材料。猫笑完。有一个男人找她办事，办完带出一个塑料皮，问这个女人（猫没笑），这是啥？女人回答，处女膜，猫抱爪子大笑，有“处女”。男人说，放你妈个屁，猫大笑，有“屁”。男人又说，处女膜有出厂日期呀？猫哈哈笑，扎伊诺也笑，他捂肚子，慢慢蹲下，猫也蹲下。扎伊诺躺在地上，猫学他也躺地上，像一匹在兽医站死去的马。

过半天，扎伊诺吸一口气，响亮地笑，刚才差点憋死。哈哈哈……处女膜带出厂日期，哈哈哈……猫听到“处女”，哈哈笑。

这些文字被到我家里来修水龙头的工友看到了，他轻蔑地、气愤地说：不真实，太不真实了。我看工友四肢和内脏（没看到），按佛理，他的胳膊腿和内脏都不是他的，借用而已。什么叫真实？如果有人给你打来一个 95××8 的电话，让你把钱汇到某账号上，你以为这是某银行 95××8 的电话吗？不是，骗子打过来的电话，是用改号器改成的 95××8，你相信吗？这是央视报道的犯罪手段。人的脑子被各种谎言塞得满满的，没空间接受真相。我到一个农民家里，他给我拿出一堆小袋子。这是给柿子催红用的，抹上三天就红；有人喜欢绿屁股柿子，往柿子屁股（楚克听了还要大笑）抹这个，就成了绿屁股柿子；这是让黄瓜打弯的，这是让黄瓜往直长的。我们农民过上今天的好日子，全靠科学啦！

你们吃抹这些药的菜吗？

我们哪能吃？把我们看成什么人了？我们不吃，卖不了就扔了。

喂猪不行吗？

喂猪哪行？猪不完了吗？这都是给城里人吃的。城里人压迫我们这些年，该让他们倒点霉了，这叫报应。卖不了的菜，全倒河道挖沙子废弃的坑里。现在的许多坏事是化学家干的，三鹿奶粉、苏丹红……如果有人见到真的魔鬼，他可能是学化学的，跟诺贝尔同行。环卫工人把积雪用卡车拉到郊区的农田，第二年，庄稼都枯死了。这是真的吗？对今天发生的事情，谁用“真的吗”这种娇嗔的腔调发问，证明猪流感已经流进他的脑子。融雪剂含钠和钾，庄稼根系被盐离子烧死了。至于猫会笑，这算什么？只是笑声里多了一种动物的声音而已。我又想到一件事，房间只有我一个人，我啥也没说呀？床底下的猫为什么嘿嘿笑呢？

第五章

扎伊诺对我说，我们上街吧，到二十五公里外的百加镇，我们要花钱。这里太偏僻了，钱花不出去。别人给了钱，我们不花是不道德的。我没说你，是说我自己。你买了什么就等于救了一些人，炒菜的人，种西红柿的人，我尤其喜欢这里的铁锅煮羊肉。我已经三天没花钱了，每天三百元，还有猫的营养费，每天两欧元。不过我习惯拿这笔钱抽烟。你喜欢吃什么？鲍。不知为什么，我嘴里始终有挥之不去的大粪味，这可能跟我吃的降脂药有关，非他汀。你知道，大粪味不算是令人愉快的味道。虽然——你知道吗？从人类大粪里提炼出的吲哚类物质是制造香水的原料，真令人难以置信。

我不会说出大粪口味的真相，除非喜鹊要来害你。

你说得太好了，诗。一只喜鹊要来害我，嘴里散发大粪气味。这是诗，我要记下来。他拿小本记录，波斯文。

我和他坐上大巴，到百加镇。百加，也可以译成白嘎力，这和俄国的贝加尔是一个词，蒙古语，自然之意。车上只有我们两个人。扎伊诺在车厢来回走，说这是在火车上养成的习惯。停车，司机！他手举一个兜子。我在椅子上捡到的，在交给你之前我要清点一下东西。车停了，他哗啦把兜里的东西倒在车厢地板上——一把小野花，黄和蓝的花瓣蔫了，手机、一个记事本、一串钥匙和一只水晶手串。他把水晶手串放进裤兜，见我看到，又掏出来，说看我兜里能不能装得下这东西。这时候，有人敲玻璃。车的玻璃窗外露出一个女人的头。红脸黄纱巾，指着扎伊诺说什么。她怎么会有这么高的身材，鲍喜顺的妹妹？

司机开了门，她上车。我看车外有一匹马，刚才她是骑在马上。女人说，你把兜子还给我。

你要回答我兜子里有什么。

手机、本子和手串。

扎伊诺想了一下，他把自己手机给女人，你打。

兜子里手机响起来，扎伊诺不情愿地把兜子还给她。你怎么感谢我？

女人把蔫花送给他。

我不要花，把马借我骑两天吧。我是你见到的最好的人，叫扎伊诺，住在税务所。最多两天，我会按时给马饮水，带它吃草。

女人笑了，黄纱巾包裹的红脸看上去特快乐。牧区的人喜欢直爽的人，也可能扎伊诺向她眨眼放电了，她笑着下车。

啧啧，扎伊诺把马牵到大巴上。司机不同意，扎伊诺说付三倍车费，司机说算了，反正到百加镇也没什么人上车，就当马是你的外甥吧。

马站在车厢，使车厢像一个马厩，而窗外的景色伴着马头嗖嗖闪过，我们好像准备上战场。扎伊诺一手牵马笼头，一手自豪地捻自己腮边胡须。马表情严肃，扎伊诺看到马的表情也变得严肃。动物真比人严肃，最不严肃的就是人。蚕吃桑、蛛结网都是严肃的事。人不严肃，唱什么KTV？你想想唱KTV的人，在一个屋里，摆一圈沙发，手拿麦克风对着电视唱歌，干啥呢？

车在扎门乌德村停下。一个戴茶晶平光镜、留灰色八撇胡的老汉嘴里嘟囔着什么上了车。抬头看见马，老汉慌张地跑下去了。司机指责扎伊诺，扎伊诺往投币箱投了十元钞票。相当于一欧元，他对我说。在比利时，每坐一到三站都要二点八欧元。马，他摸马的面颊，这是为你付的钱，但你用不着内疚。

这是一匹雪青马。白毛掺一些黑，有拳头大的黑斑，肚皮全白。鞍子漂亮，银饰的。光这个鞍子就值五千元钱，扎伊诺说。雪青马头顶连脖颈的鬃毛没修剪，一绺遮在眼睛上，显出羞怯与安静。鞍子边挂个小网兜，里面装着翠绿的梨。梨，对了。最近我爸的语言正在退化（也许是进化），一些词汇从他脑子里飞逸而去，不知飞到谁的脑子里，或者回到词典里了。他把大苹果（富士）、国光苹果和小沙果都叫“埃力玛”（梨），把柚子、橙子、橘子和柿子叫大橘子、小橘子、软橘子。他对库存语言资源进行整合，去粗取精、去伪存真，就像秦始皇统一六国，把苹果和柿子统一到他喜欢的梨里。水果没必要划分太细。如果你愿意，可以把菠萝叫蜂窝梨，哈密瓜叫枕梨，冰糖葫芦叫串梨。我爸给我们寄来一箱牛羊肉，来电话，第一句：即便是这样，你们吃吧。我想，“即便是这样”是什么意思，那边发生了什么？这边又发生了什么？即便是这样，一切事物都有一个样子，如牛羊肉的样子，邮局纸箱的样子。马，即便是这样，站在呼呼行驶的大巴上，而非它跑。它不看车厢鲜艳的宣传画，只嗅了嗅白钢横杆垂下的拉手。扎伊诺满面笑容地看这匹马，眼睛从上到下逐行扫描。这匹马比楚克大得多，扎伊诺说了好几遍这句蠢话。而且没胡子，我补充，它听了黄色笑话也不会笑。是的，他说，马是纯洁的，马不应该来到人间，造物主一定弄错了。

扎伊诺从身上掏出一把棕毛刷子，天知道他身上还藏着什么古怪的东西，好像预知今天能遇到一匹马。他刷马身上的毛，说，如果一种动物同时具备女人的贤良和男人的勇敢，那就是……马；如果一种动物具备天鹅的宁静和猎豹的敏捷，还是马；如果一种动物像大地一样纯朴和神仙般的优雅，谁？马。

别见怪，扎伊诺经常这么说话，算不上诗，句式有一点像《江格尔》。

噢……依呀噢……呜呀，扎伊诺旁若无人地唱歌，估计在歌唱马，以我听不懂的什么语。歌的旋律——我对旋律总是敏感的——接近印度和阿拉伯，两合水。我们中国人听来有一些悲戚，可能不悲戚，高兴呢。拖腔逶迤不尽，像一条蛇追咬一只老鼠。他突然停下，我们应该给马起个名字，要不叫博季努尔德，靠近土库曼斯坦。也可以叫阿什哈巴德，他们的首都。

不好，太长。

你们中国人喜欢短的名字，列宁、斯大林，你们记不住长名字。你们的翻译有问题，拿破仑应该叫那波里昂，跟破仑有什么关系？福尔摩斯是霍姆斯，叶卡捷琳娜就是凯瑟琳，安徒生是安德森，就像我叫扎伊诺而不能叫兹爱闹。这匹马要不叫扎黑丹？

不好。

叫大不流士吧，我决定了。

好。

大不流士靠近阿塞拜疆，那里有个红头发的人可以把你的尿变成葡萄酒。

运不过去。

没说你撒的尿，说随便什么人的尿，其实是魔术。大不流士，嗨。它长得多么像大不流士，它白色的睫毛像翅膀，黑蹄子像精煤做的，耳朵像冲锋的战士谛听号音。

再唱一个吧，司机说，唱《雕花的马鞍》。

他让马唱吗？扎伊诺问我。

让你唱。

我不会唱马鞍子。

我唱，司机唱：

> 在我很小很小的时候，很小的时候，滴达滴达，达滴达达（司机忘词），滴达滴达滴……滴达滴达达……

又一站，一帮人上车，像干部，不是蒙古人。这是谁的马？马都上车了？这人肋下夹个包，脸上汗毛眼凸出，喝酒喝的。

谁的马？

我的，扎伊诺说。

身份证呢？

我没有身份证，这是我的护照。

我问马的身份证呢？

中国马有身份证吗？扎伊诺问我。

我不太清楚，农村每天都在改革，饲料证、检疫证、转移支付证……

我们……是游客，我说。

下去！

我觉得应该下去了，打手势让扎伊诺下车。他很高兴，根本不在乎那些人的态度。他牵马下了车，骑马，唱：

在我很小很小的时候，很小的时候，达滴达滴……

司机刚才唱的歌他已经学会了，扎伊诺有惊人的语言学习力，怪不得汉语说这么好。

鲍，我特别喜欢这样子，我骑马，你在下面走，像堂吉诃德和桑丘。我觉得你仰脸的样子很虔诚。你骑一会儿吗？

不骑。我虽为蒙古人，骑马却不靠谱。骑在马上，觉得马背里面无数的关节和韧带在摇动，靠不上谱。牧马人掌握这种节律，随之摇摆、放松。扎伊诺可以，他身子后仰，脚尖踏一点马蹬，一看就是骑马的人。

前边是一个牧民的家，一个男人手搭凉棚朝这边看。他盼望我们去他家做客，扎伊诺说着从兜里掏出一条蓝绸巾挥舞，打马跑过去，把我扔在后面。

他到那人面前，下马，跟人家拥抱，对着马说了好多。他让人给马饮水、喂料。我赶过去，扎伊诺指着那人说，这是桑杰，我最好的朋友。桑杰，这是鲍，我的旅伴。

我用蒙古语问桑杰：你认识他吗？

桑杰腼腆地摇头，搓手。他四十多岁，黄眼睛和粉色的脸像天真的、刚出蛋壳三天的小鸭子，仿佛天大的喜事就要降临了。我堂兄就这种眼神，而且脸永远晒不黑。

牧区的人，把来访的客人看成是长生天派来的朋友，招待陌生人是本分，也是福气。扎伊诺在炕上盘腿坐好，挪挪屁股，坐得更舒服些，喝奶茶。他用拇指、中指托木碗，食指扳回，像一个真正的蒙古人。不知道这家伙什么时候学会的这一套。

桑杰在外面压井饮马，拿出成捆的干草喂马。干草贵，不到冬天，牧民舍不得用它喂马。扎伊诺的拥抱很起作用。

桑杰进屋，半个屁股坐炕沿，这是谦恭的意思。扎伊诺说，咱们说正事吧。你打算怎么招待我，还有他，指我。

桑杰愣住了，看我。

你饿吗？我问扎伊诺。

我饿得像一只狼，恨不能跟马抢干草吃。

我去煮肉，桑杰说，我老婆不在，只有她会调辣椒酱。

不要辣椒酱，煮去吧。

肉都是煮好的，羊五叉。桑杰回一下锅，端上来，嘟囔没有辣椒酱。

扎伊诺抢过一根肋条肉塞嘴里，呜呜说什么听不清。他从嘴里拽出两根雪白的肋骨，手指塞进嗓子眼，掏出一条没嚼烂的肉，嚼嚼咽下去。我跟他出门可是太不幸了。他说，酒。

桑杰从箱子底下、筐里、被垛后面掏出几瓶酒，都是半瓶，摆桌上。扎伊诺拧开盖闻一闻，选中一瓶。他小心地往肉上洒了一些，扔嘴里，说这样醉得快。喝酒不醉的人全是坏人，他说。真敢说。

桑杰跟他对饮几杯，脸红了，脸上的线条也柔和了，盯着扎伊诺赞叹地点头，说，上哪儿找这么好的人啊！

扎伊诺连眼皮都不抬，我是你所见到的最好的人。这句话才说，刚才噎得忘了。

桑杰打开箱子，拿出一个首饰盒，你们是收珠宝的人吧？

闹半天还不知道我们是什么人。我说我……扎伊诺用手制止我，把珠宝拿过来看看。

桑杰拿出一串红石头，扎伊诺拎过来在自己肋下蹭蹭。珊瑚，这是我的肝脏告诉我的。他拉过首饰盒，拨拉，这是蜜蜡、琥珀，这是绿松石。你想卖多少钱？

桑杰怔住了，我不知道应该值多少钱，我奶奶留下的。

扎伊诺说，你不要卖，现在珊瑚论克卖了，以后更值钱。你可以卖给我一粒，我剖开打两枚戒指给北京和包头的情人儿。喏，五百元钱给你，少了一点儿。

桑杰挑了五粒珊瑚给他，每个都有拇指甲大。你是个傻瓜，扎伊诺指着桑杰，我只买一粒，一粒至少值一千元。

我送你另外四粒，桑杰说。

你明年一定后悔，傻瓜，我只要一粒。

桑杰手里托着四粒珊瑚，难得有你这么好的人。

我是中亚伊斯法罕诗人。

桑杰想了五分钟，拍自己脸，你是外国人？哎呀，我再去热点肉。他跑出去，煮肉。肉端上来的时候，门外又进来几个人，桑杰招来的。

蒙古人讲礼貌。他们每个人进门后都对我们躬身，双手摊开，施礼，这是清朝留下的官礼。简易的叩头，留在民间了。他们脸上带着谦卑又深远的笑意，这种笑容别人做不出，好像脸上有歌声的尾音飘荡，看你如同珍惜你。

来客向扎伊诺敬酒。蒙古人敬酒并不强迫人喝下去，没有这么野蛮的民族。敬酒的人站起来，双手端杯，躬身，酒举高。客人一定双手接过来，不接不行，酌饮随意，这个礼算完成了。这是蒙古人奉行的无数繁文缛节之一。扎伊诺把敬的酒全喝了，说茶！

奶茶上来了，这些人比桑杰还喜欢扎伊诺，向他提出各种各样的问题，尽量往外国问。

美国人是不是住在海里？脸又红又暄，泡的吧？

美国人嘴大屁眼小，拉的没有吃的多，所以发胖。这是扎伊诺的回答。

月亮上有我们的人吗？

月亮上全是你们中国人，老子、孔子、李鸿章都在月亮上。

外国人男女在一起洗澡，对吗？

那是西方。你们知道西方吗？

西方？他们不熟悉这个词，互相看。

西方有公共浴室，男女混浴。不过，你不必花钱去看，都是老年人。

哎呀，他们已经这样子了，肯定是种瓜那帮人干的。为什么要克隆人？如果人可以被克隆，还分男女干吗？

扎伊诺看问话这个人，瞪眼说不出话来。

还有一个上唇蓄黄胡子人问，三年没下雪了，明年草场怎么办呢？

扎伊诺从桌上找一块烟斗式的肋条骨放在嘴里嚼，仿佛要从骨头里嚼出答案。

有个人把香烟放进葱心绿的圆珠笔杆里当烟嘴，他问：现在的人出胆固醇了，是不是跟下雪少有关系？

这个我作答，我说胆固醇是血液里的油的一种说法，人身上的脂肪有几百种形态，包括几十种胆固醇。

羊不到草场吃草，圈养，身上也出胆固醇了，对不对？他们说胆固醇是一种虱子引起的。

扎伊诺嚼另一肋骨。

“圆珠笔烟嘴”问：牧民们上镇里租房子，孩子如果不上那里的幼儿园，小学不收，这合理吗？

扎伊诺终于发火了，我不是你们的总理，我怎么知道胆固醇和幼儿园的事，大不流士在干什么？

牧民面面相觑，我们村没有叫大不流士的人。

我的马。

他们笑了，你的马好着呢。大不流士和蒙古语“盐”的发音差不多。

我不过是身上有九处刀疤和六七种血统的人，是诗人，但我要上厕所。你们蒙古人的诗人，在我看来只有纳·赛音朝克图和其木德道尔吉是好诗人。他晃晃悠悠走出去，倚门框，左手拇指按在小指肚上。

第六章

我差不多每天抽出好多时间分析我自己。我离我越来越远，我对自己越发陌生。有时对自己所做的事感到惊讶，找不到其中的逻辑和背后的价值标准。如果我不强迫自己做点事的话，一天到晚什么也做不来。我感到人的内心世界有一个强大的欺骗系统，人准备做一件有意义的事，这个系统立刻干扰，用别的事吸引你，比如跑步、听音乐。我不怎么想跑步，跑步让我感到孤独，感到被喧闹的生活所遗弃。当然快跑会兴奋。比如以每圈（四百米）一分四十三秒的速度跑十二圈——其实应该跑十二点五圈，五千米，全世界都这样跑。我不情愿跑这半圈——二百米。跑完了，身体非常欣快。跑步使人自负，不愿做其他一切事，尤其是与赚钱相关的事。这样，我离其他人越来越远。当今只要是人都在赚钱，少数不赚钱的人专业喝酒。跑完步，我又不知做什么了。有一天，我突然感到世界上该我做的事我早已做完了。虽然做这些事时我觉得人生还没有开始，只是一些微不足道的小铺垫。但所有的事基本上都结束了。当知青，一帮人把冻土刨出两米深、十多米宽的大坑，把七八百斤重、根部带冻土坨的松树起出来，拉到五十米外的另一个地方，再刨坑栽上。三十年后，我开始回想这件件事，把松树挖出来栽到五十米外并无意义，意义是有一半的松树会在来年开春死掉。我们一个冬天起了十几棵松树，栽到原来的树坑周围，多半死了。而冻土有多么坚硬，十字镐刨下去只凿下一个白点，两三米深的坑要从早上刨到半夜。农民发明了很多折磨城里孩崽子（知识青年）的办法，难怪贫下中农见了我们都发笑。我们的精力在这些事情上燃为灰烬。现在追忆，那些精力像火的舞蹈，在看不清深处的夜里摇曳。别问栽松树和听费尔巴哈有什么意义，人生绝大部分事情都没有意义。爱迪生在找到日本竹纤维做电灯发光体之前做了一千六百次材料实验，这些实验都没有意义。它不像人说的失败是成功之母，连成功的侄女都算不上。爱迪生实验的耐热发光材料包括白金、阴毛、鱼刺和海带。火车站退休站长麦肯齐那把日本折扇的竹丝被爱迪生发现属于他的运气。运气是偶尔为历史掌一掌舵的看不见的手。

人的一生几乎什么都没经历就没了，我写过一句话——最珍贵的不在记忆之中。栽松树、穿着山羊皮白茬皮袄烤火、跟我妻子第一次拥抱浑身发抖——不光牙齿，连脚指甲都在抖。如果穿一件玻璃纸衣服，不知道衣服会发出多大的声音，像一个嘻哈乐队。有一天，我在昭乌达路行走——那是小时候——贴着盟委盟公安处的红砖矮墙，羞涩地迈不开步，腿都酸了。那时我上二年级，第一次逃学，我以为人人都知道我逃学。最珍贵的都不在记忆之中，记忆把珍贵的图像（气味、声音）都封了蜡，放进坛子沉入脑海的最深处。

我一直想悠悠。我不知道为什么会想念她。她知道这件事一定会大笑，像听到一个笑话，像听说一只毛絮披纷的老狼爱上了黄鹂鸟。这件事让我觉得我身体里有一个人不打招呼就跑向了远方，他不知道远方有什么以及还回不回来。有时候，一个人的身体里会有五六个人同时跑向四面八方。主人为拦住跑掉的人、找回远方的人而筋疲力尽。为什么一个人没做任何事反而变得白发苍苍，变得憔悴沉默？就是追赶这些从心里逃跑的人累的，在这些人的后面，不知不觉跑了一生。每个人都不是一个人，都由两三个人组成，尼采和陀思妥耶夫斯基由七八十个人组成，傻子才是一个人。主人是所谓皮囊，逃亡者是人的心念。一个儿时的伙伴见到你，说你长相变了。何止变？还会变。他心中不同的念头戴着不同的面具浮在皮囊脸上，轮流坐庄。这些事，减肥怎能减得了？

悠悠是个普通的女孩，这句话很流行。可不这么说又怎么说呢？她没驾驶过航天飞机，没一天吃一根海参，很普通。她神奇的地方只是二十岁，这话让人笑话。别笑，二十岁不神奇吗？每个人——年龄超过二十岁的人—— 一生只有一个二十岁，它是唯一的三百六十五天，比第十岁、第三十岁、第七十岁都宝贵。罗素说，七十岁是政治家所必要到达的年龄。七十岁的领袖犯错误比较少，领袖比常人更容易犯错误。孤独，所有棘手的事务都没有可以借鉴的经验。罗素还应该说，二十岁是恋爱最好的年龄，也是引发别的人（三十、四十、五十、六十、七十岁的人）恋爱的年龄。悠悠即使在沉默，手也摆弄钥匙链什么的，链上系着小熊，暗自哼歌，嘴唇微动。她替她姐打理一个食杂店，卖从火锅涮料到牙膏、电蚊香、搓澡巾、冰红茶等家居用品。但进屋的顾客大都拎一长串用塑料包装的手纸走出门外。悠悠的计算器差不多有震耳欲聋的电子放音功能——五元，七角，加，零元，四角，等于……最后一句话是“归零”。她的嘴唇稚气，上唇的唇线弯曲，下唇像熟透的樱桃，盈红下坠。她的两条眉毛离得远，像一幅画，画到眉毛这儿没墨了，草草一挥。眉毛让这张脸有点像儿童，但她身材如荡妇，各种姿态都显出曲线，似勾引全世界。这是我想象的，不一定是她的本意。谁的身体有什么本意呢？上帝让年轻人在身体上、相貌上、眉眼的笑容上暴露一些美媚的秘密。他们被秘密所驱使，但不是秘密的制造人，制造者是上帝。上帝制造了神秘的雪像花一样飘下，落地成为污水，这不比周星驰还搞笑吗？上帝幽默的地方多了，他让有的动物飞，有的动物游泳。鸟儿飞过城市，多么愉快，高楼大厦在它眼里变成平面图。鸟发现了无数秘密，知道人偷偷放在屋顶上的椅子、蓄电池和废纸盒。

就这样，悠悠的图像一幅幅在我脑海闪过，大脑为发掘出新的记忆而不知疲倦地工作。她的锁骨有一点擦伤，像干毛巾擦的，也像……不可能是菜刀砍的，也不是古代的箭矢射来——悠悠一闪身——只留点擦伤。一次，我回忆出她穿凉鞋的小脚趾抹了红甲油，像刚从山坡跑过，脚丫扯下的一朵野花。这些图像不停地在脑里播放，直到令我疲倦。大脑播放器的停止键坏了，一直播放。我去悠悠的小店看她，是为了更新大脑的图像。悠悠还是那么普通，用中指按只会说钱数的计算器，为别人取面包或成袋的清醋。我脸上一定严肃，语气也严肃，说买包烟，中南海点三。烟到了我手里，我的腿带我走出了门。心里说为什么不多待一会儿？我哪里知道？我只知道我在装，不是装流氓而是装不流氓。我羡慕那些猎色者，笑嘻嘻地把什么话都说成甜言蜜语。一天，我远远地看到悠悠前仰后合地笑，一个小伙在她耳边说什么。我进店俯身看柜台里摆着的电池，听他说话，想跟小伙学点话语饲养我脑子里的悠悠。“饲养”这个词很重要，它表明忧郁症患者实为信息饥饿的人。他脑子里的靶目标（比如悠悠）顽强地、蛮横地长在那里，让人用想象来饲养它，最后把人累得筋疲力尽，像癌症把人熬完蛋了一样。当然，这跟悠悠无关，跟强迫性思念造成焦虑有关。我想象我和悠悠到了北京的东方广场，她指着人造水晶项链问，多少钱啊？女售货员说，小姐先试一试。悠悠双手拎一串在脖颈比量，好看不？我问多少钱？女售货员说打三折六百五十元，再打一个圣诞折共计五百八十五元。我付了钱，问赠送什么？女售货员说这枚白金钻戒被撞坏了，裂了一道细纹，付十元钱就归你了。付钱，钻戒塞悠悠手里。问还赠送什么？女售货员说棉帽子。这顶棉帽子的护耳是黑羊羔皮，海蓝条绒吊面，戴上很暖和。

咴，诗人去了哪里？我吃一惊，原来我坐在桑杰的东屋，向窗外看。什么诗人？桑杰身子一仰，黄眼珠的瞳孔几乎要扩大一圈儿。你把你的旅伴都忘记了？我需要一段时间才从沉思中回到现实。他长什么样子？桑杰又一仰，咴，你把诗人长什么样都忘了吗？你没喝酒呀？咴，是蒙古语打招呼的语气词，也有轻轻责备的意思。我打断他，快说他长什么样，从哪儿来的？桑杰深深吸了一口气，慢慢地说，他是外国人，留胡子，刚才在那个屋吃肉，他说他……不要说了，我想起来了，我才认识他两天，他叫扎伊诺，中亚伊斯法罕诗人，他怎么了？

找不到了。

你找了吗？

我们找了，沿屋子找一圈儿，羊圈、狗窝也看了。

马还在吗？

大不流士拴在桩子上。

他能上哪儿呢？

我们正想问你呢。

桑杰站在门口，他肩膀上方还有三四个脑袋从门框内露出来，红面有汗，全愕然。

我跳下炕，找吧。上公路找了吗？找了。没找到吗？没有，如果他被车轧死，肠子烂兮兮地流出来，我们很远就能看到。

你们找了多少公里？

黄胡子说，可能有六十公里。

哪能？“圆珠笔烟嘴”说，可能有一公里吧，够了。这段时间，诗人走不出一公里，他醉了。

是醉了，他上哪儿去了呢？

草原平坦地伸向远方，没有山，连灌木都没有，没办法隐蔽红T恤的扎伊诺。这个傻瓜去哪儿啦？如果离开，他为什么不骑马呢？当然，他有可能手举百元大钞搭过路车去了什么鬼地方，也许去了西方。

我觉得不必找了，最好的方法是在屋里等他。这时，桑杰的老婆、孩子回来了。他们骑着马，女人手里挎一个红头巾的包袱。

第七章

桑杰的老婆叫包海棠。东部的蒙古女人爱用汉语的花为名，海棠、莲花、荷叶、金桃。汉族人也喜欢以花做女人名，但不说什么花（太具体不好），甚至不提花字，芳、芬，说的就是花。汉语中高雅幽洁的名字如今成了大俗的符号，如桂兰。桂者兰者，高不可攀，现在竟俗了。桂枝本雅，江南无所有，聊送一枝春。春至此说的是花。花的枝，列着一串蓓蕾，以桂枝做名字是天才的创意，用到今天过期了。兰本不俗，叫多了就成了人名的俗。世上原本无路，人走多了就成了路，看出大众流行文化的可怕。士大夫的梅兰，成了农村妇女的名字，俗了。包海棠看到门前围这么多人，一脸欢笑。蒙古人对家里来客既高兴又虔诚。她笑起来脸上肌肉没一块别扭，真像一朵花，红扑扑的。人假笑之所以让人看出假，是心不想笑，情商怂恿他笑，笑到了皮外边。

咋不上屋啊？

这帮人沮丧地回答，外国人没有了，只剩下他。指我，好像我多余。他们的身体好像因为酒的原因膨胀了一圈，眼睛比平时更沉静。

嗨，又喝多了，哪有外国人？你们合伙做一个梦吧？我说出来龙去脉。嗨，没事，丢不了，这样的地方，人怎么会丢呢？上屋吧。

桑杰的儿子歪头看我腕上的跑步表，他七八岁，叫景嘎。我向他显示一下，秒表、脉搏、分圈计时、平均速度。他着迷了，请求我给他戴一下，他戴着表跑到外边。下午四点多钟，阳光还很强烈，景嘎像迎接落日的夸父，跑进草场深处。

我们进屋，大伙不喝酒了，为这个倒霉的扎伊诺的下落而忧伤。景嘎跑回来，说跑到两棵并排的榆树前只用了两分三十一秒，跑到石佛像前用了一分零一秒，他说，我第一次知道跑到那里用这么长时间，我一直想知道，人的一生总共有多少秒。

我害怕这类跟数学相关的问题，说每个人的一生不一样。

我妈生我最快也要三秒，对不对?

三秒下蛋都不够。我说这要问你妈。

他拿个盒子给我，在我戴你表的时候，你可以玩我的牛膝骨。这些骨头染着红蓝墨水，有几个没染色的骨头被手抓得冒出油，像古董。

为什么我一戴上你的表心里就想唱歌呢？特别想唱《江沐沦》。

怎么唱?

他换上大人的表情，如颂圣迹：江沐沦啊，流过了几百年，波涛里有祖先的歌声。从河边走过的人啊，你们停下来听一听吧。

我唱完这个歌，心里舒服多了，景嘎说。他用左手摸着表又唱：星星在天上等了一夜，你知道吗？星星为来不到你的家流泪了，你知道吗？星星盼你看它一眼，在太阳出来之前。星星每天都在换，不是原来的星星啦。

景嘎虽然用童声演唱，我仍听出这是一首古老的歌，听了有些难过。

炕上的大人说话，有人说，哈喇海打井的人，喝了酒，走着走着掉进了契丹的墓里，踩碎了很多瓷器。那些瓷器都是摞着放的，像柱子一样。他捡到一枚马头骨嘴里的金嚼口，人家说那是最不值钱的。

另一个人说：我舅舅说他年轻时围着郑家屯的一个房子转圈走了一天，但是别人看不到他。他右面的胯骨都走肿了，像煮熟的茄子一样。

桑杰说，外国人可能正绕着房子走，累了就进来了。他闻到酒味，会跑进屋来。包海棠，把肉再热一热。

包海棠抱一叠馕一样的牛粪饼填进灶里。这帮人为排除丢失扎伊诺的恐惧，接着喝酒。景嘎摘下表，双手拿着唱歌。我隐隐约约听到人的呻吟声，好像从墙里发出来的。听墙，似有似无。又像从炕洞里发出的声音。我耳贴炕听声，喝酒的人全愣住了，一律耳贴炕倾听。

你听到了什么？我？你告诉我，你听到了什么？他们互相问，好像有一只猫在里面跑。不，好像人吹笛子的声音。

我明白了，跑出屋，这是扎伊诺的声音。我的听力非常好，听一百多人建制的交响乐团合奏的高潮处——比如柴可夫斯基

1812（CD），能听出排钟、短笛和竖琴的声音位置，更不必说单、双簧管，小号，圆号了。耳边传来扎伊诺唱的泰迦洛葬礼歌曲，痛苦的声音好像从树上发出。这儿也没有树啊？我绕到房后，看见了梯子。一切真相大白，扎伊诺上房了。我上了房顶，见他在烟囱里。烟囱好像是一个裤子，卡在他腋下。他闭着眼睛，表情难熬（火燎的）。我往上薅他，不行，从烟囱缝隙冒出的烟气烫手。再过一会儿，扎伊诺就该熟了，冒烟了。这孙子怎么会往别人家的烟囱里钻？薅不出来，我也不知道怎么想的，脚踹烟囱，两脚就把烟囱踹倒了。扎伊诺倒在瓦砾堆里，他的裤子被燎成激战过后的战旗，露出两只洁白的脚丫子，鞋掉烟囱里了。他睁开眼睛对我说波斯话，或塔吉克、俾路支话，我一句没听懂。我下梯子找人来，把他弄进屋。

扎伊诺完全变了样，像从阵地上抬回来的英雄。好在他的衣服是棉布，才有褴褛效果，如果是化纤品，早黏在他皮肤上了。他睁眼挨个看这些人，好像不认识，嘴动了几下。酒，烟囱烫得我把汉语已经忘了。大家听他说酒，一起大笑。桑杰拿出最珍贵的狼油抹在他腿上。扎伊诺的伤很怪，脚没事，大腿内侧被燎了成串的水泡。不知他的秘密武器烧坏了没有，我没问。

他喝尽一盅酒，挤眼睛，坐起来，号叫，屁股起泡了。他跪着指我，你，说说汉语，让我恢复汉语功能。

吃葡萄不吐葡萄皮儿。

不要说越南话，说汉语。

早知半路应相失，不如从来本独飞。——简文帝的《夜望单飞雁》。

这是日语，我知道。

扎伊诺，你为什么跑到烟囱里?

我的印象中，每家的烟囱里都有秘密，我已经想起汉语了。如果我喝的是法国人酿的酒，现在说的就是法语，再来一杯。烟囱里有一只猴，穿着镀金的高棉僧衣。

你找到了吗?

他摇头。

包海棠一直在笑，无声音，她用胳膊按着肚子。长时间的笑，会引发腹直肌痉挛，肌肉不断在收缩（笑），不断吐气，没有吸进来的氧气，于是有人笑到肚子疼。她告诉桑杰去拿一条裤子，扎伊诺的裤子不光硝烟褴褛，还开裆了。

扎伊诺换上桑杰的迷彩裤子，从破裤子兜里掏出一叠钱。感谢阿巴斯一世和二世，钱没有被烧掉。桑杰，这是我今天的伙食费，三百元。

桑杰像被烫了一样，我怎么能收你的钱?其他的人发出沉重的“咴”声，表达不可以。

你不收钱，就违背了我的信念。再加五十元，这是猫的营养费。

你并没有带猫来，骑一匹马。

扎伊诺拍前额，该死，我已经忘记了大不流士，它没有被烧死吧?

你的马好着呢。

太好了！把钱收起来，鲍会给你同样的钱。扎伊诺指我，快把钱拿出来。

我们并没有吃下六百元的东西，或者说是扎伊诺一个人吃了四百元，还有一百五十元是破坏烟囱的钱，我还是把三百五十元钱放在炕上。

桑杰和包海棠坚决摇头。桑杰用筷子头一点点把钱推到扎伊诺身边。别说要钱，碰一下都不应该。

叭！扎伊诺手拍桌子，酒瓶因为没酒竟被震倒了。你们想听我说很多虚伪的劝你们收下的话吗？我偏不说。他翻过手掌看，手上的燎泡被他拍碎了，疼得吸气。桑杰拿狼油涂抹，把钱塞到被垛后面。

他们又开始喝。

天已经黑了，景嘎拉我到外面，看来今晚得住这里了。景嘎说你这个表有夜光吗？我按一个钮，蓝光照亮表盘。我告诉他只允许按两次，要不电池就耗尽了。那我一次也不按了，他说。我说可以按一次。

我等你走的时候按一次。

我有点后悔，何必说电池什么的？孩子的思维是没阻挡的。大人——这个世界——总用各式各样的规定阻挡他们。

我每年有三十元压岁钱，挖甘草、割麻黄还能得五十元奖励。我要过多少年才能买这块表呢？我买了表之后，天天跑着上学。我要计算燕子飞到看不清影子用几秒，看蜜蜂在一朵花上停留多少秒，太阳落山多少秒，蜘蛛吃网上的小虫多少秒，露水从草的叶子上滑下来多少秒。我把这些事记下来，用信寄给我姥姥。

表在景嘎手里比在我手里高贵多了，也诗意多了。我心里又陷入矛盾，喉口发紧，每当思想斗争就会喉紧。我想把表送给景嘎，但心里说，回沈阳上五爱市场买一块二十元的寄给他就可以。但景嘎多么喜欢现在就拥有啊。这块表可以测心率，七千元买的。有时候，我舍不得把一样东西送给别人，事后总后悔。比如没把腰里扎的Jeep皮带送给大兴安岭的安可，他是Jeep的收藏者，他非常想要，我没给。在车站分手时，他送我一大块鹿血，多么慷慨。如果当时我立刻解下裤带给他，就有点不像话了。

我回答不出景嘎的提问。小孩子刚刚接触世界，世界上的好东西太多了。唯其多，才让人痛苦。景嘎说，咱们讲故事吧，我讲一个，你讲一个。

他的眼睛里装满了远方的事情，一直眨着，微启的嘴里口水快满了。头顶的夜空深蓝，远处靠近天际发射白光，像有一座不眠的都市。风吹过脸，转过来吹你的手，然后是脚，比白天柔和。夜里的草好像从白天太阳曝晒的眩晕中醒了过来。夜风贴着地皮吹过，草叶像唰唰走动，又像低头看自己在月亮下的影子。我第一次看到草叶在月下的细影子，如水墨的兰。景嘎说：几百年前的一天，老虎派兔子送给熊两粒红宝石，抵偿欠熊的两只黄羊。老虎说，兔子，谁知道你会不会把我的宝石拿到通辽卖了呢？所以你把眼睛放在我这里抵押，我把红宝石装进你眼眶里，当眼睛用，晚上还可以照亮地面，像手电一样。兔子傻，以为这是很好玩的事情，就把自己的两只眼睛放在老虎爪子上，眼睛里装上红宝石，去森林里找熊。熊见了兔子，说兔子你真傻，你把两粒宝石交给我，怎么回去呀？兔子说照原道回去。熊说可是你没有眼睛了，眼睛在老虎那里。兔子想了足足一个上午，才想明白这件事，说那怎么办？一个没有眼睛的兔子会让人瞧不起。熊说我只收下一粒红宝石，另一粒给你当眼睛用。到老虎那里，你说一粒宝石就可以抵两只黄羊了。兔子回去，这样对老虎说了。老虎说，我知道熊一定会这样做，它一直很慷慨，你很有勇气。我把这粒宝石送给你了。从那以后，兔有一只眼睛是红的，它是熊送的那粒宝石做的。有一次，我拿刀打算把兔子的红眼睛挖出来。我爸骂我了，他说眼睛就是眼睛，没有谁的眼睛是宝石做的，但是比宝石还宝贵。该你讲了。

我讲……我……我哪里讲得出什么故事。我说，有一个小孩怕黑，妈妈说别怕，神和我们在一起。小孩问，神时时刻刻和我们在一起吗？妈妈说是的。一天，妈妈让小孩去仓房拿一把扫帚。仓房黑，小孩不敢去。妈妈说，神时时刻刻和我们在一起。小孩问，神也会在仓库里吗？妈妈说，会的，神不会骗任何人。小孩到了仓房，把门打开一点，伸进手，说：神，把扫帚递给我。

你怎么不讲了？景嘎问。

讲完了。

神把扫帚递给他了吗？

我说，小孩又喊了一声，神，快把扫帚递给我。他的妈妈喊，孩子回来吧，扫帚在这里。

可是，他们家的仓房里有神吗？

有。

神为什么不把扫帚递给小孩呢？

因为扫帚在他妈妈身边，神够不着。

神为什么不递给小孩一颗核桃或者酸枣？

神……没想到这一点。

这块表是神做的吗？

是瑞典的工人做的，但是神发明了时间。

时间？景嘎伸出手在空中抓几下。时间像空气一样包围着我们，然后走了，这是老师说的。我要送你一个礼物。

……

你会送我礼物吗？他问。

他是不是想要这块表？

景嘎说，我们回家吧，我们送朋友礼物要送最好的东西，对吧？

他也许想要我这块表。不过小孩并没这么奸诈。可我并没有可以送人的东西，手机、表，再就是衣裤鞋袜。我不是孙悟空，变不来东西。

第八章

回桑杰家，他们正在拆外屋的墙，扎伊诺酣睡，他怀里抱一把扫炕笤帚，如大臣笏板。外屋锅台通向屋顶烟囱的烟道被刨开了，他们在找扎伊诺的鞋。

嗨，你们别找了。我说，明天买一双算了。再说，他骑马可以不穿鞋。

那个有沉思面容的人正拿一把打草的钐刀头拆墙。烟道是拐弯的，他们已经拆出了一个弯，像墙的肚肠被开膛了。他说，如果这双鞋是他爷爷留的纪念品，怎么能不找呢？

哪有那么长寿命的鞋？这是在地摊上买的。

我的鞋就是我爷爷送给我的，还在穿。

他脚上的鞋比一位八十岁老人的面孔还衰老，黑皮鞋完全穿出白花了。

你们别从锅台这块拆，要在烟囱垂直的落点拆。鞋不是垂直落下吗？不可能拐弯。

他们相互看看，说反正已经拆了，就拆吧。

景嘎手里摇一个盒子，我的礼物已经准备好了，你的呢？

噢，礼物。我决意把表送给他，赶到这块儿了，没什么了不起。回去再买一块二十元的盗版表戴吧。什么东西都不要显摆，要显摆也显摆盗版的表或没用的东西，比如袜子。可是怎么包装这个礼物呢？

景嘎说，你要明天上路之后再打开我的礼物，我也是这样。你的礼物呢？

我马上就给你。我如果把礼物埋在外面的土里，明天告诉你行吗？

他想了想说，行。把手里的盒子给我。

这是他的礼物。盒子上写着“阿奇霉素肠溶片”，外面用鞋带系着。

你会不会半夜偷着打开看？

会的，不，我不会。我要明天太阳出来之后，走到百加镇才打开看，一看太好了，这是景嘎给我的礼物。

后来呢？

后来我把礼物带在身上，对别人说，这是景嘎给我的礼物。

他们说什么？

他们说，太好了，还有吗？我说，没有了，只有这一个，景嘎给我了。

他们要是抢，你会给吗？

不会，我把他们的大拇指用细绳系在窗户上，抢不了。

他们吃饭怎么办？

不用吃了，给他们输液。

输液是什么？

输液就是……你长大就知道了。

你把我的礼物埋在哪儿了？

埋在……还没埋呢……我现在不会告诉你。

你发誓今天不要告诉我，要不我一定睡不好觉，会半夜去看。

是的，我决不告诉你。

景嘎说，你趁我不注意时到外面埋吧。

我到屋外找到一块地方，月光下的泥土比刚才更白了。蹲在地上看，老鸹嘴草开放了小花，草的红茎里好像都是水，一碰就破，贴着地皮生长。没想到它还开花，花朵只有高粱米粒大，竟然分出花瓣，三瓣，像是白色。我掏出打火机照这朵花，紫色或者说蓝色。我在蓝紫问题上有一点色盲症。这个礼物的地点——我选在屋子西北角，沿屋角直行十步，用羊圈边的二齿耙掏开一个小坑，在坑里絮了一些青草，埋表。表？我的表戴在景嘎手上，我才想起来。

我经常干这种傻了巴叽的事。上个月，我拿两张取款单到邮局取款，先取包裹，别人寄来的书。我拆包裹看书，又假装整洁把包装纸扔进垃圾筒，顺便把稿费单（一千多元）也扔进了垃圾筒，因为它们也是纸，这是我后来才知道的。第三天又去邮局取稿费，一个左肩驼背但面色异常红润的男人向我走来，眼光犀利。他手里操两张取款单，我不明何意，他递给我。我一看，我的单子，一千多元。他说，你扔进垃圾筒了，口气轻蔑。我追上去，您是？他费力转回身，我管这儿的垃圾，纸壳子都归我。谢谢！太谢谢了。不用，没有本人拿身份证谁也取不出来钱，过四个月稿费自行打回去了。他看了我一眼，虽有笑意，但带讥诮。算上这个左驼男人，蔑视我的人越来越多了。单位里的人早就把我看成傻子，当我做了一样正确的事情，比如计算机考试合格，他们反倒惊讶。

表戴在景嘎的手上，也好，我拿出一百元钱放在青草上。我又在上面盖了一些青草，埋上土，摆一个核桃大的白石子。

回到屋里，见他们埋头看一样东西，我探头，一只金手镯，镶三块黑翡翠，有指甲大。桑杰说，你知道外国人的鞋为什么会掉进烟囱吗？

不知道。不是烤掉的吗？

不是，是祖宗的意思。

扎伊诺的祖宗让扎伊诺把鞋丢到烟囱里？

不是，是我的祖宗。

桑杰，你的祖宗为什么让扎伊诺这么做呢？我问，怎么回事？

我们掏这个烟道，掏啊掏啊……

你快点说吧。

找到了这个手镯。

他们全看我，希望我欢呼或表示惊喜。我还是不理解，怎么回事？

我爸说过，桑杰说，他把一个黑翡翠的手镯留给了我，在房子里面，我以为他在说胡话，因为他当时就要咽气了。这个手镯是他的父亲到锡林郭勒唱歌得到的王爷的赏赐。

你父亲把手镯砌在烟囱里?

是的，这个房子是他盖的。可是他不说手镯在哪儿。如果我把房子卖了，金镯子不归别人了吗?

另一个人说，买你房子的人也不会拆烟道，得不到手镯。如果他又把房子卖给了别人，那个人有可能得到。

桑杰说，那个人不拆烟道怎么会得到呢?如果他家里不来外国人，外国人不在烟囱里站着，他怎么会拆烟道呢?我要感谢外国人，把他的钱全还给他，另外送他两只羊。

他的鞋呢?

哈哈，他们大笑，扎伊诺的鞋堆在地上，烧得七扭八歪，不是皮草而成了塑料做的鞋，像一个人咧着嘴在战争中死去。

包海棠好奇地听他们说话，她用一块蓝布把扎伊诺流苏般的灰裤子的裤角缝好了，挺好看。

他叫什么?桑杰问我。

扎伊诺。

噢，他去推搂着笤帚睡觉的扎伊诺。扎伊诺，扎伊诺，我们还要喝酒。

扎伊诺扑棱坐起来，尖叫一声，又趴下，说了一串波斯语，这家伙又把汉语忘记了。

扎伊诺，你给桑杰带来了好运，虽然屁股烧起了水泡，他们要感谢你。

桑杰他们这时手里已端上了酒，对着扎伊诺唱：孟根哟，浑达……鄂尔多斯祝酒歌。扎伊诺把三个人手里的酒倒进有奶茶的碗里，一饮而尽，挤眼、耸鼻、咧嘴。

景嘎拉我衣角，礼物埋好了吗？做记号了吗？

已经埋好了，我明天会告诉你。

扎伊诺手托着桑杰的黑翡翠手镯，仰头看，这是送给我的吗？

我爷爷留下的。

这一颗大的，灰黑色，像猫头鹰拉的屎，是黑翡翠，这里有苍蝇翅的折光。这颗是黑玉，有棉花的小白花。另一颗不值钱，是黑玛瑙。你这个镯子值五万块钱。

大家集体向后退了一步，没人敢接这个镯子。扎伊诺把它扔到炕上，卖了吧，买几瓶好酒。遇到像我这样的人，你至少要准备二十瓶五粮液，我一天喝过三瓶。你的酒太差了，如果我活不到九十岁，完全是你的酒在捣鬼。我懂宝石，但我不喜欢，戴宝石会让人变得诡异。

景嘎又来拽我的衣角。我俩到了外边。

他摊开手，青草和百元钞。

他把礼物找到了。你的礼物我还没有看（忘记放到哪里了，阿奇霉素）。

你给我的不是礼物。钱，怎么会是礼物？礼物都是最好的东西，别人没有的东西。

我……不知怎样说，钱不算礼物吗？

所有的钱都一个样子，你走到哪里都能见到钱。礼物，看到就想起了朋友，礼物才是好东西。

我承认你说得对，可是我没有好东西呀。

这是你的表，还给你。外国人每五秒从鼻子出一下气，我用纸条试验的。我爸出气十二秒，他六秒眨一下眼睛，我撒尿用了五十七秒时间。

景嘎，我拍拍他脖子，我把这块表送给你了，这是我的礼物。

不，他回答坚定，我不会要别人正用着的东西。它不是礼物，你跑步用它计算跑了几里地。

我真的送你了。

我不要。这个孩子脸上竟有铁块一样坚定的表情，他把钱也还给我。

那我真没有给景嘎的礼物了。我还有一张银行卡和手机电池。都不是礼物。

他看穿了我的心思，说没关系，你下回来带给我礼物吧。其实我最喜欢放大镜，可以看清蜜蜂腿上到底有多少根毛，蚊子的嘴在哪里，我还喜欢让水冒泡的电石。我长大了不知道还会喜欢什么。你们很有钱吗？你们的钱是从哪里挣来的，放羊、种树吗？

我们……我是说我，不是很有钱，也没有放马。最近有人给我和扎伊诺一点点钱，来到这里。

做什么？站到每家的烟囱里吗？他为什么这么做？

孩子，他喝醉了。

我爸喝醉之后亲吻土地，亲吻炕沿、锅盖、桌子和银掏耳勺。

你家钱多吗？

不多，今年没交学费，我不上学了。我妈说把钱攒起来买树苗，栽三万元的树苗，过十五年就得一百万。我妈说除了买盐，什么都不要买了。牙膏和香皂都是有钱人用的东西，我们用不着。栽上树，过十五年，我才三十多岁，我们家就有一百万了。

学费多少钱。

三百五十元。

我给你三百五十元，你上学去吧。

他笑了，指着我，我上了学，我妈问“你怎么上学了”，我说你给的钱，她不就知道了吗？

你别说我给的。

谁给的？我们不收别人的钱。再说我没办法撒谎，过不了一小时，我就会告诉我妈。

诚实好。

是的，他坚定地说，扯一把青草，两手拽着，用脚趾勒断。

我俩在外边坐了很长时间，景嘎什么也没说，看着天空想事儿。进屋之后，他们已经睡下了。有人躺在外屋地下，铺一张羊皮，有人头朝里睡在箱子上。箱子上有镜子，这人睡觉睁眼，宛如梦里端详自己的脸。桑杰两口子睡在西屋，景嘎挨着我，被褥已铺好了。扎伊诺睡炕头，趴着。

我睡不着，手里拿着从外屋窗台找到的景嘎的礼物，我要发明一个礼物给他。穿鞋披衣走到外边，按表上夜光钮，半夜一点了。什么礼物呢？我看到一丛马莲在倔强地生长——土地板结了才长马莲，连马都不吃马莲，还会绊倒走马。给他钱最有用，一百元买二十根杨树苗，三百五十元交一年学费，但他们不要。我父母也从来不接受别人的钱和贵重礼物，他们把一张薄薄的纸巾都看成纸巾所有者的万般艰辛。万般艰辛里有挨冻受累，有早起晚归，怎么能收别人的这般辛苦？

我心中一动，编一个马莲小筐。我没有草编手艺，但正如一个朋友说的，凡事我一碰就会。编了散了几次，我编好了一只小筐，很好。那匹马——大不流士顿蹄子、甩尾巴。月色下，它身上的白色像被月光融化了，像泼了一身奶，露出几块黑斑。我把小筐又埋进原来那个地方，筐里放了五百元钱，这是一百棵杨树苗，然后进屋睡了。

我们醒来时，屋里的人都没了，只剩扎伊诺和我。起床吧，扎伊诺！木末芙蓉花，山中发红萼。涧户寂无人，纷纷开且落。——王维的《辛夷坞》。我让扎伊诺恢复汉语功能。

我梦到太阳变成一块蜜蜡，要化了。这是一个好梦，扎伊诺说。

你一定是用汉语做的梦。

是的，汉语的梦比较孤立，没有浪漫情节。

喝茶吧。桑杰端来茶。要不要回一下？桑杰比画酒盅，扎伊诺点点头，把酒倒进茶里，稀溜稀溜喝，一额头的汗。

我们启程了，桑杰和他老婆一定要把钱还给扎伊诺，任凭扎伊诺瞪眼睛、发脾气，他们比他更坚定。扎伊诺用可怜的眼神看他们，嘴里嘟囔几句波斯语，估计是在骂桑杰和他老婆。

我告诉景嘎，我的礼物在老地方，一定要在中午才能拿出来看，要收下，做诚实的人。

十二点整吗？

一定十二点整，早一分也不行。

昨天喝酒的男人不知从哪儿走出来的，他们和桑杰一起送我们。桑杰的小屋前，娘儿俩向我们招手。

扎伊诺的屁股在狼油的调理下已经能骑住马了，他高高在上。我们在后面跟随。扎伊诺又唱起那首歌：在我很小很小的时候，很小的时候……我劝他们回去，他们笑笑，继续走。蒙古人有一个古怪的观念，认为忽然而至的朋友走了，此生再也见不到，要认真作别，要多送一程。这跟他们地广人稀有关，当然更多的是善良。不善良的人不值得活下去，这是大部分蒙古人的观念。

他们陪我们走了很远，扎伊诺骑马，没法坐大巴了，刚好我很喜欢走路。大约走了五公里路，百加镇已经遥遥可望了，他们才驻足。我们又走了很远，他们还站着朝这边看，看我们如何消逝。

扎伊诺在马上说，我最喜欢蒙古人，诚实又勇敢。日本人和德国人喜欢中国的蒙古人。美国人喜欢北京人，我也喜欢北京人，悠闲。台湾人和韩国人喜欢上海人。蒙古人可怜啊，他们的草场已经沙化了，被开矿、开厂破坏了，他们除了放牧，什么都不会。以后，他们变成只会唱歌的人。在电视上唱民歌，表示这个民族还存在，名号全叫张什么李什么，可怜啊！祝未来的蒙古人好运！

第九章

到了百加镇，已经下午了。百加镇今天逢集市，一条坑坑洼洼的土路被来自最遥远地方的农民覆盖了。集上的农民由于粮食、猪肉、花布、农具而流露开放的笑容。我也许十年，也许二十五年没见到这种土地式的笑脸了，袒露实在。我这么喜欢集市连我自己都奇怪。太阳把阳光如此慷慨地照在玉米上——每一粒扇形的玉米带白脐，如土地笑掉的牙齿；照在木头风干变白的驴车上；照在自信心大增的驴上——以前的驴跟受批斗的地主一样沮丧，除了黄胄画的全然沮丧，现在它们滚瓜溜圆，眼圈甚至很俊美。集市上的一切在阳光下显出强大的富足，比超市里的东西体格好。

我看到有人卖一堆钢叉，堆在草绿色的雨布上，垛草的叉子。农民割完青草，放地里晾干，捆成个子，拖拉机来地里拉回家。男爷们儿或系鲜艳头巾的农妇用钢叉把草个子向车上戳。草垛在车上垛得高，钢叉被干草磨得雪亮。然而地摊上的钢叉不亮，上一层橙色的漆，像从消防队偷来的。上橙色漆干吗？不知是谁的主意。我第一次看见刚出厂的干草叉子。那边还有铁锹，铁锹头新得如同话剧团的道具。好铁锹越用越亮，比不锈钢还亮，以“锋快”二字形容好铁锹并不算阿谀奉承。我当知识青年时的铁锹，“嗖”的一下能斩断拇指粗的树根，给马车装土，“嗖嗖”，土一点儿不沾锹，像铲沙子一样，实为湿重的黄土。

卖铁锹的人正专注地观摩卖香瓜马车的骒马拉粪蛋，新鲜的粪蛋像从传送带里送出来，拥挤有序，用陶瓷界的术语叫“黄黑釉”，风格朴重，马因此骄傲地翘尾。

买铁锹的人多不？我问。

多个屁！他把目光从马臀收回，看我。

咋的？

现在谁还使铁锹啊？使铁锹干啥呀？

他说话十足带着马拉粪蛋的冲动。我问，不使铁锹使啥？

使拖拉机呀！现在人手都不摸家伙什了。

家伙什说的是农具。摸啥？

摸麻将。

也对。麻将光滑，能叠压成城，啪啪响。能赢十麻袋玉米的钞票。铁锹钢又能吗？答：不能。

这里还有卖点心的。我在农村的时候连供销社都没点心，现在集市卖点心了。

蛋糕、油炸麻叶、四瓣酥与大片酥。点心摊上有个白钢烤箱，支油锅，现做点心。这个摊又诱发我对点心的拥戴之情。在城里，我连看也不看点心，饱和脂肪酸、反式脂肪酸，谁吃？在农村的集市上，一个大长条木头桌子摆满点心，桌子下有青草，还有偷偷开放的花。你能不瞧一瞧吗？点心摊左边是卖南瓜、豆角的，右边是卖布的。卖布人把鸳鸯戏水的红绿被面披自己右肩上，都像给点心造势。

我费尽气力把目光从大片及四片酥麻叶上移开，看卖点心的人。哇，我敢说一般人在一年之中也见不到这么漂亮的女人，最多三年内见到两个，第二个也是这个女人的妹妹。她细长的眉毛攒成整齐的锋线，睫毛上翻，像探摸眉峰。眼睛像善意地嘲笑集市上的人，嘴唇小到一碗莲子桂花茯苓红枣粥要送一百多匙才吃完，我没数过，这是个大概数字。

这点心……话说了半句，我不知往下咋说了，用手指点心。

她吓一跳，可能怕我是防疫站的。点心咋啦？她说。

我心里想说点心好看可没你好看啊，说成你长得挺像点心啊！

她乐了。让人乐其实不是什么难事，蠢话说出来谁都乐。多少钱一斤？

蛋糕五块五，麻叶六块钱。

我假装点点头，走了。话说不下去了，就得走。她在我视野里移出，个子不高，肩胸圆润，头发是天然的金黄色。

我想起《斯卡布罗集市》，男声二重唱，什么兄弟唱的，美好。美好不复存在之后对美好的追忆，譬如爱情飞走了，却从天上没完没了飘下一片羽毛，羽毛永远也拼不成鸟。斯卡布罗跟集市没关系。李焕之、彭修文，还有《红旗颂》的作者吕其明，都是冼星海之后的大音乐家。彭修文是多好的音乐家，只编些曲子，创作少。李焕之节日写得好，圆号、小号和中国的唢呐锣鼓都是节日音乐的主色调。他何不写一首《花火绣的集市》？这里有列宾式的粗犷与鲜艳。花火绣的人们在集市手指嘴说。人嘴里如果说“种子、玻璃、鞋、碗、笸箩、菜刀、柴火、鸡蛋、牛”这些词，这人一定健康，他一直说就一直健康。这些词离山川土地河流上帝很近，能说这些话是福分。在集市上，小孩和大人都像在找什么东西，狗在人群中仰视人的脸或屁股。拥挤在集市上是幸福的一部分，不像超市中的无奈。集市上什么都不缺，大姑娘小媳妇、瓜果梨桃，都摆出来了。人不一定买个够，但可以看个够。可以摆秀，可以传言，可以拉着别人的手攀谈，这都是超市没有的功能。

我如此东溜西逛，见一孩子把猫放在狗背上让它骑，猫狗不干。我忽然想起扎伊诺，他骑着高头大马去了哪里？

我在人群中找扎伊诺，又回到了点心摊，那个卖点心的女人喊我：

大哥，问你点事。

啥事？

你是干啥的？我其实怕别人问我是干啥的。我说了干啥的，谁都不信。我说我是作家，人家说别扯了，你是林业站卖树苗的。我说我是乐评人，别人说你像乡村小学体育教员。我说我是警察，别人说可别逗了，警察哪有你这样的？你再说打110把你逮起来了。

我问女人你啥事？她说我看你第一是外地的，知道事多。第二能有点文化。

你咋看出我是外地的？

我们这的人擤鼻涕往裤子上蹭，你用白色皱纹纸。纸还在小塑料包里包着。提前叠好的吧？

不是我叠的。

再有，你看点心乐，别人看点心咽吐沫。

这就是外地的？

反正外地人比咱们这地方人强。

外地人省吐沫。你咋看出我有文化？

你褶子在眉间，手背没褶子。老百姓手上褶子比脸上多。

这跟文化没关系。你看我像干啥的？

肯定是种西瓜的。

种西瓜的有文化？

西边河南种西瓜的人有技师，有德国喷灌，咋没文化？你是种西瓜的不？不承认？

是种西瓜的。你有啥事？

女人说，我想问，问啥呢？你们河南人啥都明白……

那是，种西瓜种的。

问，先离婚后娶小老婆，还是先娶小老婆后离婚？哪个合法？

因为我没种过西瓜，对她这番话反应得不太快，反问：谁娶小老婆？

男的。

那是，女的娶小老婆叫同性恋。我问，要是这个男的已经结婚了，没离婚再娶老婆就是重婚罪。离了婚，人家再娶合法。

胡屌呲。

谁胡屌呲？

我家那个王八种。他说国家对他这类科技人员有奖励，给他二十万元他没要，要了一个娶小老婆的指标，受法律保护。

国家保护他包二奶？

对呀！他说是法院发的金牌，一个金牌可以娶一个小老婆，一共给他发三个。

看了没有，这么漂亮的卖点心的小娘儿们，白嫩水灵，也有难心事。我对她说，什么金牌，不可能！你上妇联一问就问明白了。

妇联也让他整蒙了。他说国家对特殊人才有特殊政策，刘翔有一百多块小老婆金牌呢。在国际比赛中拿冠军奖有十个小老婆指标，中央台青歌赛只要唱一嗓子，就有一个指标。

我说我代表所有种西瓜的人庄重地、诚恳地、负责任地告诉你，并愿意陪你上北京最高人民法院查法律全书，咱们国家没这个规定，先秦两汉魏晋南北朝五胡十六国唐宋元明清包括琉球群岛的法律都没这个规定。你丈夫干啥的，享受这待遇？

种莫碗儿的。

啥？莫碗儿是国家高科技 863 星火计划项目吗？啥是莫碗儿？

炒鸡蛋，炒肉也行，毡匠最爱吃莫碗儿，去毛的。莫碗儿，你咋连莫碗儿都不知道？锯末子就能养莫碗儿。

毡匠吃的莫碗儿？给三个小老婆指标？你说的是木耳吧？黑木耳？

对，就那玩意儿，我们叫莫碗儿，他在梨树县租大棚种莫碗儿呢。干莫碗儿三十块钱一斤，好的八十块。

嗨，你男的言论能给法院院长气死。这么说吧，你就种出原子弹来也没小老婆指标。这是胡说！

胡屌沁！

对，胡屌沁。乡间管小猫呕吐叫沁。我跟她说，你别信这个。他娶小老婆了吗？

娶了。

几个？

俩。

你们离婚了吗？

没离。

没离你告他重婚罪，他就得拉稀。不过，你们先协商，万不得已再起诉。你见过他的金牌没？

见了。

啥样？

啥样？作业本那么大，长方的，上边写不少字。

啥字？

我不认字。

他咋说?

他说上面写的是：翟清福同志种莫碗儿填补了国家重大项目空白，为人民扬眉吐气，特奖励优生优育人头指标，各级政府不得干涉。

胡扯!

说是呢，我娘家人都说胡扯，说他花钱做的。我外甥上乌丹也花钱做了一个金牌，给他送去了，上边写的是：特授予翟清福大流氓光荣称号，各级政府通过。

送不送这个没用，你跟他协商吧，要不离婚，要不起诉。

我离婚。你给我写一份材料，我白送你三斤麻叶，纯豆油炸的。女人从纸盒里拿出一张牛奶的宣传画，递一支圆珠笔，让我在背面写。

写吧。你写——翟清福，你个王八羔子。

我说诉状是给法官，不是给翟清福看的，不能骂人。

也行。这女人用手背蹭一把鼻子，她雪白的脖颈上蓝色的细静脉膨现，气的；耳朵红了，也是气的。她眼睛看着远方，嘴里切磋词汇，无声，像嚼山杏的毛皮。你写吧，伟大的法院……

不用说伟大。

让你写你就写，三斤麻叶不给你了吗？写。我要告翟清福，让你们把他从中国除掉，送到美国跟黑人劳工一起遭洋罪去。

我照写。

他，小时候就不是好东西，往老母鸡腚眼里面塞炮仗，往新娘子被窝里塞蛇。他最损的事是往中学班主任的尿壶里放一块电石，班主任一滋尿，电石碰上尿呼呼冒蒸气把老师老二燎了，至今未婚。

老师今年多大岁数？

八十多了。翟清福对我小恩小惠，我爱占点小便宜，让他得了手。他知道了这码事后，知道这个事挺好，广泛奸淫妇女，糜烂程度超过宫颈糜烂十倍、二十倍。

你说你离婚的事。

我离婚也不能便宜他。第一，他欠我二舅的大青骡子钱得还。第二，他赔我二哥一对柞木箱子。他喝醉了，在我二哥家箱子上睡觉，把箱子压散了。第三，让他把梨树县那俩小老婆掐死。

我打断她，你第三个要求不可能实现，犯法。你说现实点。

现实的事是房子归我，地也归我，小四轮归他，外边欠钱他能要回来都归他。

孩子呢？

没生呢。翟清福没有生育能力，他浑身上下也没几个正经精子，都他妈让酒烧死了，剩下的也让小老婆药死了。

法院听不懂你说的是啥，你说正事。

啥是正事？翟清福他家有正事吗？他爹告诉他不许娶村里姓白、姓许、姓叶的姑娘。为啥？都是他爹的种。

他爹精子挺多。

他爹属猪的，精子能不多吗？他三大爷在鞋壳郎里养蜈蚣……

我扔下纸笔撒腿就跑，不能再写了。鞋壳郎里养蜈蚣，把我脚丫子都吓麻了。

第十章

我要找到扎伊诺。一个外国人，在中国有点闪失，比如崴脚都不好，说明咱们照顾不周。虽然我跟牛必得签的协议没提照顾扎伊诺，但咱们中国人就这样，凡事爱负责任。我在德国生活了一个月，在那里崴脚乃至腹泻，责任都归结于一个地方——保险公司，人家接待方啥都不管。我问镇上的人，有没有见过外国人，齐曰没有。改问见没见骑马的人，有个手拎兔子的人说他往河边去了。

隔一片柳树林就是一条大河，离集市不远，这是西拉木伦河。在蒙古语里，西拉（明清写作“希喇”）是黄色之意，木伦是江。黄之江，清代文献称之为“潢水”。河面宽阔庄严，常让我想起勃拉姆斯。勃拉姆斯音乐阴郁的流动更接近江水的本质。喧闹的集市边上突然出现这么一条大河真让人奇怪。集市上的人像兔子一样跳来跳去，有一半正发情，有一个人想打离婚。河水是什么？河水里的“人们”相拥一体，彼此召唤，它们要做的事情原本庄严。看河水，看一会儿，感到河水正跟星辰一样默默移动，而土地不移动。地上长着庄稼是一件傻事，落后。我不止一次想过，如果夏天的河水突然结冰了，波涛冻结在河面上凸凹不平该是多么感动人，比松树的年轮还好看。人抱着一朵浪花照相，多那个。然而，河水静止的时候从来不示不平之相。水是世上最懂平衡的东西，精微到丝毫。而人，动时不平，静时也不平，心里端个碗，里边的水晃来晃去。

人在河水面前会突然想到历史，不是你在河边背诵历史题，而是河向你呈现古代与更古一代的面貌。河与水一样拒绝当代性，房价与试离婚跟河水都没关系，这里看到了赤裸裸的古代。河水奔流如同寻找前一个被淹没的浪头，你感到有无数浪头被河水活活淹死了，它的生命只有露头那么一瞬间。逆流而飞的河鸥能找到什么呢？波涛没图画，没鱼，它在搜集河面的腥味。河对岸是巴林右旗的地界，有一座锅撑子山。山峰黑色，中间褐紫，山下端被青草包围。

我看见了扎伊诺的身影，他骑马站在高高的山顶上，比画手势在说什么，身边围一帮人。

我走过去，在一片草地上看到扎伊诺和一帮大学生谈笑风生。青草衬托着扎伊诺红润的脸，他盘腿而坐。周围的人显然是从外地来这里采风的，女学生居多。我一问，得知他们是建设大学统计学专业的学生，来这里采风调查。扎伊诺向他们吹嘘自己是法兰西科学院院士、巴黎高等师范学院的生命科学教授，答应向他们发表一次演讲，报酬是一箱啤酒，两瓶“草原白酒”和六只烤鸡。

下面是扎伊诺的演讲实录，我没这么好的记忆力，况且我在他演讲中间几次听不下去散步去了，这是一位同学整理之后发到我邮箱的电子邮件。

法兰西科学院院士哈吉·巴列维·扎伊诺教授的演讲：

性在人类社会中所扮演的角色

教授们、同学们，我很高兴在中国北部的蒙古高原与你们邂逅，这表明我们将要在一个玄秘、光明、幽暗的领域里长期思考一个无法回避的话题，那就是——性。

性，以及对性的谈论，在当今中国已经取得合法并且合乎礼仪的地位，这是了不起的成就。仅就我了解的资料而言，在中国改革开放之前，农村的儿媳妇洗澡被老公公撞见含羞自杀的例子并不鲜见。当然老公公并没有自杀，他的眼福使他永远也不打算死了，是儿媳妇喝了你们中国的农药去见了安拉，祝她安息。现在，中国人的性观念被修正得趋于平稳。中国人在性信息方面表现得比西方人更平静甚至更倦怠，当然你们的性犯罪案件已经明显趋于减少。性意味着不平等，意味着生殖的优先权。

皇帝的第一项特权就是生殖的优先权，即广泛占有性资源。皇帝的第二项特权才是发动战争并结束战争，投降的权力也掌握在皇帝手里。然而，性的天性钟爱平等，追求一切客体，主体与客体合而为一。王子爱上贫家女，女富豪爱上乞丐的例子举不胜举，财富上的悬殊以及政治地位的不同并不能阻挡性。

你们知道，性不懂政治，也不懂财富。它虽然被赋予一个含糊不清、近乎高尚的称谓：爱情，但它的本质仍然是化学性的，由男人性激素中的睾酮和女人性激素的乙烯雌酚所决定的。这两种酮素，是藏在每个成年人身上的大分子生物界的罗密欧与朱丽叶、梁山伯与祝英台。梁山伯和祝英台因为得不到合法的婚姻地位而病死或自杀，不是他们要自杀，是他们身上的睾酮和乙烯雌酚让他们自杀。

哺乳类动物，包括一部分鸟类有一种先天性的缺陷——喜欢自杀。这一情形的生物学解释是：当某种欲望得不到满足时，启动自毁程序，让谁都得不到这种资源。所有自杀的冲动都是错误的、罪恶的，上帝与安拉都禁止生命体自杀。自杀者永生进不了天堂。佛教教义认为，自杀的人永劫失去托生为人的机会。自杀是自杀者低估了生命的伟大瑰丽，忽略了生命展开的时间顺序，而且浪费了社会所支付的巨大的生活和教育成本。上帝轻轻碰你一下，你就自杀，上帝以后还会把你当作含金的矿石用力锤打吗?

我们刚才谈到了性的不平等性以及性先天所追求的平等性。接下来，我们谈什么呢？谈一下性的渺小性或者叫欺骗性。在性面前，我们在座的所有人，包括古代的人都是受骗者，被性骗了一生，至少被骗掉了美好的青壮年时期。骗人的骗子有两个，它们叫睾酮和乙烯雌酚。睾酮一般被称为雄性激素，乙烯雌酚乃是雌性激素。比如，乙烯雌酚掌管泌乳、掌管女性月经，但你如果认为女性对男性的喜慕产生于乙烯雌酚就大错特错了。乙烯雌酚是女性的性激素，这没错，但它跟性欲一点关系都没有。女性的性欲来源也是睾酮。男性的睾酮来自睾丸，女性的睾酮来自下丘脑，它们的前体都是脂肪。

在今天的中国，脂肪承担着很大的罪名，每个人都在恨脂肪。但脂肪是什么？上帝与安拉为什么让动物有脂肪？我这样做一个比喻，人的身体像气球一样是饱满的，里面包着骨头架子、少部分肌肉以及内脏。是什么撑起了皮肤？脂肪，所以它又叫皮下脂肪。脂肪把人的皮肤撑起来免得你看上去像一个皱巴巴的鬼。我们身上脆弱而敏锐的神经元也是脂肪包裹的，脂肪还是被储备的产生热量的燃料。最重要的，在我看来，脂肪生成了人体所有的激素，即英语所说的荷尔蒙，包括肾上腺素、甲状腺素，以及睾酮和乙烯雌酚，掌管代谢平衡以及生殖。在人的血液里，睾酮的含量只有一点点，但造就了人类的战争、戏剧、文学、电影、仇恨和时装业。

（谈脂肪的生成过程，略去。）

性激素存在的理由只在生殖，也就是物种延续，它要求或者说欺骗男女之间相互喜欢，这一过程被称为热恋。但，如果我们被允许探讨上帝造人时安装这一化学程序的得失，我们想说它有两个缺陷：第一，性爱的神经学感受方面被设计得过于强烈，过于美好，你们中国人称之为“欲仙欲死”。这种反应显然超出了其必要性。上帝在满足生存的过程中都设计了相应的正面的神经学感受，比如从饥到饱、饮水解除口渴，还有人造的低级感受，如吸烟饮酒。但性爱的感受级别被调制得太高，我们称为过度感受。这是很糟糕的一件事，使许许多多的人认为爱侣是上帝，是神仙，是天使，这是个极大的误会。女人不过是女人，男人也不过是男人，他们只是他们，是你的激素让你产生这种幻觉。上帝同志，你在塑造人类的循环系统、呼吸系统的时候高明而又节制，却在人的生殖系统上把我们搞得很滑稽。滑稽就是为了所谓爱情又哭又笑、赴汤蹈火、猜忌暗算、大眼瞪小眼。为什么？对不起，我没问你们这些调查农牧民收入的统计学大学生，我问上帝。上帝没时间回答我的问题，他可能正在倾听安第斯山脉两个牧羊人用印第安语所进行的关于雨水的对话。上帝在调制人类生殖力的化学程序时，手一哆嗦，把快乐素洒得太多了，应该是一小捻儿，实际却是一大把。也许上帝是故意的，上帝从来不会出错。他故意让人类在这种虚幻的感受中挥霍自己的生命，以致一事无成。这总比让人类把智慧投放到发动战争上好。

我们正在探讨上帝造人对人的生殖系统的能量配置有哪些缺陷，第二项缺陷是人类的发情期被设计得太长。像人类这么漫长而又不间断发情的生物只有苍蝇和老鼠，而人类的寿命却比苍蝇老鼠长，太过分了！大家想一想，动物为什么可爱？因为它们专注而安静，老虎不捕食的时候极为安静，因为安静而显示力量在静止时的美。鸟类也是这样，它们仅仅因为捕食和酷爱自由而悠然飞翔，猫和狗不论多么活泼都是安静的，这从它们眼睛里看得出来。动物在发情的时候非常丑陋，极为凶恶，一点都不美。因为它们控制不了自己，忘了自己是谁，它们简直成了动物，当然它们原来就是动物。动物发情时表现出的凶暴超过了捕食。也就是说，动物在夺取蛋白质资源的时候尚有一些忍耐、一些智谋，比如狼。它们在夺取生殖权的时候完全变成了魔鬼，吓人。当然，这里面有上帝的意思，让它们为夺取配偶而打斗，是为了保证母亲得到最强壮的精子来源。同时，上帝又显示了它无限的仁慈和智慧，上帝让动物们每年只有一次短暂的发情期，让衰老的动物干脆不发情。动物们，特别是大型和中小型食肉猛兽短暂的发情期保证了它们既生产后代也不必天天为性欲而奔波，又不袭击人类。当然——这个当然还要重新说一遍——当然，当珍稀动物得知人类出于邪恶不断捕杀它们的时候，它们愿意把发情期延长到一年当中的每一个月和每一个白天和夜晚，像苍蝇、老鼠和人类一样。

真理跟时间有关，荒谬跟时间也有关。

人从十几岁性萌动到老之已至，都在性当中挣扎，至少曾经挣扎过，这在我看来是十分荒谬的事，包括我自己。因此，当我观看美国电影，从《魂断蓝桥》到《泰坦尼克号》毫不厌倦地歌颂爱情时，就感到滑稽。这一种纯美如同猴子之间捉虱子的认真，让人感到空虚。

性的滑稽不仅表现在它被伪装成爱情，有时甚至被伪装成崇高。古典美学里面，崇高一般与牺牲或者悲剧相关。是的，许多文艺作品把性的封闭作为牺牲献给正义，虽然正义并不需要这种祭品或者叫供品。这样的例子有很多，丈夫去前方打仗的时候，他的妻子把个人欲望加以打压，以其功能的封闭来赞美这场战争，这在道理上是说不通的。同时我们又看出来，性成了性所有者给予性匮乏者的奖品，譬如王宝钏对薛仁贵的奖励，你怎么知道薛仁贵匮乏？

说到这里，我们引入一个只有人类才拥有的宝贵情感，只是它的造词有问题——爱。此爱不是爱情之爱，因为爱情很虚伪。也不是化学性的爱，那是神经学意义的感受。它是仁慈与尊重，由此可派生另一种责任——忠贞。忠贞的话题在这里姑且不讲，它太复杂。中国的五四运动所反对的封建意识包括了男方强加给女方的忠贞权。五四运动跟所有思想革命一样，伴随性解放，比如自主寻找性伴侣等等。这也是我们今天所要探讨的话题之一——性与革命。在一场对于社会制度的颠覆的尝试里面，性的解放一定会打头阵。这是对自我封闭的国家而言。反过来也一样，保持高度封闭的国家制度首先要杜绝性意识。

我们在上面谈到了性被塑造之后变得滑稽，谈到性在高尚的人群中可以上升为责任，又称爱，谈到性可以在剧烈变革中产生反叛因子，这是因为它跟自由息息相关。接下来我要说的是一种语源学意义的性，这也是我的论文课题，即：性器官对人的文化学的意义，对人类恐惧、崇拜生成的意义。比如说，没有人崇拜乙烯雌酚和睾酮，却有人崇拜与恐惧性器官。有人爱的不是人，而是性器官，这更荒唐并有道理……

扎伊诺讲到这里，站起身，他面前摆十多个空啤酒瓶子。他站起来不知要做什么动作，人们永远看不到这个动作了。他突兀地打了个喷嚏，不是一个，是三个喷嚏。正是第三个喷嚏的力量绷断了他的裤带，其裤如牛顿所证明的那样滑落地面，重力定律在花火绣仍然发生作用。但牛顿和我及我们却没想到扎伊诺的下体除了裤子一无所有，暴露了他刚刚讥讽过的东西。女学生被吓跑了，甚至不敢回来取东西。男学生也被吓跑了。这些师生也许认为扎伊诺是有意的，他的下半身只是他演讲的道具。但我发誓他不是这个意思。扎伊诺迅速撤离现场，也就是离开这片草地。草地上的野花在风中摇摆，它们过去从来没听过关于性的长篇演讲。扎伊诺拎着裤子匆匆行走，我替他牵着马。藏在树林中的女学生偷着回到草地取她们的遮阳伞和照相机。

我对扎伊诺说，上帝在人类生殖系统设计方面存在的第三个缺陷是让你的裤带崩溃，真相大白。

扎伊诺把经过他肾脏过滤过的青岛啤酒转移到西拉木伦河的波浪当中，说，尼采攻击上帝得了疯病，我只稍稍对上帝的工作提了点意见，他就让我蒙羞。另外，我的裤带被那个蒙古人的烟囱烤酥了，而啤酒又起到很坏的作用。

我建议扎伊诺以后在演讲前里面穿上短裤，如果不习惯短裤，就把下边的东西化装成别的东西，比如乌鸦、蛇什么的，可以用变魔术来解围。或者——我建议他——坐轮椅演讲，轮椅上束缚四条安全带。或者借一位神甫的袍子穿在身上。

扎伊诺认真地听取我对他的嘲讽，拿出小本记录，这是我喜欢他的理由之一——用天真化解你的讥讽。然而，我惊讶于扎伊诺滔滔不绝的演说能力，外国语并没有成为思想的束缚。几天之后，我问扎伊诺，你如果裤带不松，还会讲什么？他想了很长时间，困惑地告诉我，不知道。又说，我不理解我所说过的话，我不知道为什么要那样说。还说，即兴表达思想是中亚诗人的特征之一，所以又叫行吟诗人。而你们国家的诗人在纸上写诗，然后修改，始终沉默，这是两种不同的习惯。

第十一章

我和扎伊诺在镇上漫游，集已散，大姑娘、小媳妇和眼睛镶白圈的俊美的毛驴都回家了。我们进入一家饭馆，名号为“大吃大喝部”。

这个名号起得好，一看就知道主人幽默。进了屋，饭店老板果然不俗，大高个儿，红脸膛，用围裙擦手。

哎呀，外国人！咱们饭店来外国人了！服务员、采买、拿菜刀的厨师都跑过来观摩。

看啥，快去换蒙古袍！老板呵斥他们。一会儿，服务员和厨师都换上了鲜艳的蒙古袍，在地当中站了一圈儿。

饭店老板把马拴好喂上，请我们进了唯一的包房。从哪儿来呀？老板问。

扎伊诺掏出一百元钱放桌上，给我买一条裤腰带。

老板麻溜把自己的裤腰带解下来送给扎伊诺，推回钱。这有啥，咱家要啥有啥。

你扎啥呀？

老板把鞋带解下来，系在裤子前门的两个布襻上，因陋就简。吃点啥呀？

挑好的上，扎伊诺很明白老板的心理。

烤羊腿！老板冲门帘子喊，熘杂碎、鸡蛋炒木耳、炖笨鸡、奶茶！白酒烫好！

扎伊诺笑，老板每喊一道菜，他笑容加一层。

我那啥。老板手抹一把脸，做个自我介绍。我姓王，名月，月经的月，梧桐花人，离这一百多里地，开个饭馆对付活着。我不是蒙古人，汉族，但民族的玩意儿都会，唱歌啥的。老板你贵姓？

我的姓说了你也记不住，管我叫老扎吧。

好，扎老板。

我咋成了扎老板？

我们这管尊贵的客人都叫老板。

“扎老板”说，王月经啊。

哎呀，不带经，单字月，王月。

王老板呀。

扎老板你有话尽管说，别拘束。

我拘束什么？扎伊诺反驳，我跟土耳其舰队司令吃饭也没拘束过。你们这儿的老百姓挺多怎么像二流子？

你这个汉话讲得可真好，比蒙古人讲得都好。老百姓为啥变成二流子了？因为他们没地了。

地呢？

建工厂，把地占了。

占了地他们干啥？

给他们钱了，愿干啥干啥。比方说，你家有二十亩地，村里一亩三千元买下来，你得六万元，爱干啥干啥。

农民有了钱干啥？

他们能干啥他们？打车上赤峰，车费二三百不当事。

上赤峰下馆子、买裘皮大衣、买摩托，有人一下就把钱花没了。

花没咋办？

打工呗，像你说的当二流子呗。

你有地没？

征了，盖楼了，得了八万卖地款。我开了这个“大吃大喝部”，还包个二奶，当二流子呢。

包二奶？

二奶就是相好的呗。五分地有个娘儿们男的死了，跟我在这搭伙，管她叫二奶显得文明点。

你自己老婆呢？

在家呢。

你不说没地了吗？

我老婆在山上种了点果树，养鸡，在山上吃住，她不愿意来。

她知道你有二奶吗？

知道，她不在乎。卖地的钱在她手里掐着呢，别人花不着。我老婆知道给我当二奶得不着实惠。我这个小馆子是小额贷款开的，没赚啥钱。

门帘一掀，服务员进来三四个，端羊腿、炖鸡放桌上。王月指一中年妇女，这是我二奶。

"二奶"双手按膝，微蹲，多多包涵。她面黑，头发像稻草一样分摊头上，嘴闭不拢。这种上下合不拢的情况，常常被医生认定为"地中海式贫血"的诊断标准。

你别把汤洒衣服上，没法赔人家，王月说二奶。又解释，我们的蒙古袍都是租的，不加小心不行。

王月起身出去，过一会儿回来也换上一身蒙古袍，戴高高的帽子，腰带镶着巴掌大的金属扣子。他突然换上一副高亢的声调，说，为了欢迎我们尊贵的客人，土耳其舰队的扎老板莅临我们百加镇旅游观光示范饭店——他指一下墙上的牌子——我们特意准备了一些文艺节目，为来宾助兴，把酒满上。这个老板贵姓？王月看我。

鲍老板，扎伊诺回答。

下面这首歌献给扎老板和鲍老板，叫《大学生》。这是我儿子写的歌，他在哈尔滨念大学。吉他呢？盆、筷子。

厨师拿过来一把吉他，二奶和别的服务员手拿塑料脸盆、成把的筷子、皮鞋包装纸盒。

到位了吧？王月问，这是摇滚，必须有咣咣的效果。他用目光扫视他的乐队。这帮人穿着海蓝色、红色、葱心绿的锦缎蒙古袍，衣襟有金色、银色的绲边儿。把高举的塑料盆当手鼓，两把筷子当沙槌，纸箱夹在裆下当手击鼓，厨师矮瘦，戴眼镜。他们一律用眼睛瞭着王月，待令。

《大学生》，这歌是我儿子教的。你先弹过门儿。厨师用吉他弹过门儿的时候，王月面对这个乐队大幅度挥舞手臂指挥，忽然转身唱：

我爹我妈没工作
我没地方去做工
我爹我妈没低保
我有地方去蹦迪
我爹我妈没了土地
我累得上气不接下气
我爹我妈没有学历
我是一个大学生

乐队齐唱：大学生——

王月独唱：

大学生，嘣嘣嘣。大学生，嗡嗡嗡。大学生，吭吭吭。大学生，蹬蹬蹬。大学生，疯疯疯。大学生，蒙蒙蒙。大学生，蹭蹭蹭。大学生，扔扔扔。大学生，轻轻轻。大学生，生生生。一场空。吔！

戛然而止。敲盆的、砸筷子的、用手指弹纸箱的戛然而止，看我们是不是被感动。扎伊诺不为所动，喝酒。而我觉得这个狗屁歌词以及演唱方式和他们的气质以及烤羊腿相互之间太不配套了。我说，你们这个没意思，换一个。我要听蒙古歌。

王月赔笑，我们不会唱蒙古歌。

那你们穿蒙古袍干什么？

气氛，要个气氛。这么着吧，我给你们请歌手。咱这儿蒙古歌手多了，另算钱。

过了一会儿，蒙古歌手来了，三个小伙儿，一个姑娘，穿着显然是自己的蒙古袍。他们沉默谦卑，像一声不响的石头。王月说，给外国人唱几个原装的蒙古歌。

他们唱起来，表情甚至容貌好像换成了另外的人，让人看出来他们唱的是土地和母亲，心跟着歌声走。歌声停止后，他们恢复到原来的样子，好像恢复过程有一点痛苦，有一点不好意思，不安地搓脚。

扎伊诺说，如果你们不是这样年轻，我真想俯身亲吻你们的鞋子，为这歌声。唱吧，不是为我，为你们自己。

歌手显然受到了鼓励，小伙儿唱了一首歌王哈扎布的《小黄马》和《岗根哈日》，姑娘唱了一首《乌尤黛》。他们的歌声，具体说是他们的气息，像一只手擦去冬日暖屋玻璃上的哈气，窗外的山峦和晴空都清晰了。这是一个歌声的长卷，每一根线条都被歌声镂刻过，坚定而生动。扎伊诺站在他们身旁加入歌唱，他竟然通晓和声的方法，又会假声，会吟唱，把歌手的歌声编织得丰富美妙。当歌声停下来的时候，连歌手都感到惋惜，不想停但没办法，感动得相互观望。

扎伊诺给歌手每人敬了一杯酒，说，只有歌声可以融化酒，酒在歌声里打开了自己的芬芳的灵魂。我们干一个！

敬完，扎伊诺一拍脑门，鲍，看看我的马。

第十二章

马，马在哪儿啊？我忘了扎伊诺骑的那匹马什么颜色，也许白色，也许枣红色，但不会是绿色。蚂蚱、青蛙都是绿色，马为什么不长绿毛呢？上帝不想保护马吗？

我回屋问扎伊诺，马是什么颜色，拴哪儿啦？

扎伊诺说，鲍，马是雪青色，鞍子上有一块红毯子，唐老鸭图案，在门口拴着呢。

哪在门口拴着？马不可能用大黄板牙把缰绳啃开跑了，肯定让人牵走了。但我不是太着急，这个地方不应该有偷马的，多数情况他们上瓜地偷西瓜。镇上就这么一趟街，上哪儿找马去？我不该替扎伊诺找马，马不是我借的。但人家那么远来到中国，咱们凡事都要替人家担着点。找马去。

百加镇这个破镇对不起外国人的是家家户户门口有一堆垃圾，没人收拾，好像他们都是临时住户，两年后都要迁到瑞士定居。水果店、服装店、隔一个门一个的羊杂汤馆、游戏厅的门口全有垃圾，上面野蝇飞舞，总只数超过美国一个州的人数。门面两侧飘荡春节贴的褪色撕破的金字对联。

我在一个铁匠铺门口看到了雪青马。在类似单杠的铁架下，马的前蹄被弯过来绑缚，好像它有意做一个顽皮的动作。一个铁匠端着烧红的铁铲削马的蹄甲。这人够怪的，刚把马偷来就忙着挂掌。我问，谁的马？

铁匠头都没抬，头往右边一摆。

垃圾堆边上有个人抽烟。我第一次见到偷马的人，仔细看看。他穿一件破旧的广告衫，上写“喝了就是好”，底下喝什么的小字已经洗没了。裤子是铁路职工的制服，用蓝电话线代替裤腰带。怨不得偷马呢，穷这样了。他偷了马（挂掌）之后，可卖八九千元，销赃价也得六千元。我越发憎恨这个抽烟的人，他卖了扎伊诺的马，除了买一条（或两条）正规裤腰带外，他肯定下馆子、进窑子铺。一顿吃一只羊腿配四个炸羊蛋，买一个液晶电视和一个山寨版的苹果手机。我用不着客气了。

把手机拿出来！我喝令他。

他吓一跳。从表情看，他是一个怯懦的人，掏出手机，比电视遥控器还破，递给我。

我不稀的要你的手机。你是不是正琢磨吃炸羊腿（应为炸羊蛋）呢？

没有呀？他茫然。炸了羊腿，羊咋走道？你要炸羊腿呀？

我炸什么羊腿？我也没偷马。

谁要偷马？他警惕地看马一眼。

鞍子呢？我问。

什么鞍子？他像被沙尘暴眯了眼睛，困惑地把烟头扔地下，踩灭，拍拍身上。

小毯子，带唐老鸭图案的？我问。

他把裤兜口袋掏出来，抖抖，再把衣服从裤腰拽出来，高频率眨眼，我不明白你到底说啥呢。

你还讽刺我表述不清，我“唰”一指马，这谁的马？

我哪知道哇？我在这儿等人呢。

嗨，我扭头就走，找铁匠，谁是马的主人？

铁匠站起来，摘了围裙问，你干啥？

我有事。

马是我老丈人的，你想买还是想借？

我看着铁匠被火烤得通红刚毅的脸庞，自觉我不是一般的理亏（说什么呢？）。我咳一声说，你老丈人和这匹马都挺好。

铁匠系围裙，蹲下，继续给马足疗，马弯举脚心等着。这种雪青马，在牧区多了。人要是丢了马，要讲马是几岁口，臀部有什么火烙印，我哪明白这个。被我诬为卖马“炸羊腿”那个人还在偷偷看我。

我只好在街上转，马丢了不好问，它不像人。您看见马没？不行。您看见雪青马没？也不行。您看见偷马的没？您看见马披唐老鸭小毯子没？都不行。这匹马要是姚明就好了，不必提鞍子小毯子。姚明？往东走了。当名人是好，丢了别人好找。我正这么想，有人拽我衣襟。

回头看，一个姑娘冲我笑，戴草帽墨镜，哥，你咋来了？

我……

她把草帽墨镜一摘，我的天。如此大的意外简直像打击一样，你猜你猜你猜猜，悠悠！

你咋来了？我觉得这像学她说话，又换个说法，你上这儿干啥来了？

我们家在这儿。大哥，你上这儿干啥来了？

找马。

找马？你不是作家吗？你不是在沈阳吗？

嗨！我过去读明清小说“三言二拍”之流，对“无巧不成书”颇不屑，单田芳讲评书也靠这个——巧遇。你看今天真遇巧了，悠悠。我想，她是悠悠吗？又想不必怀疑了，不是悠悠，她能认出我吗？

悠悠……

别叫我悠悠，这是我瞎起的名字，他们不知道，我叫刘二美。你找到马了吗？

我……

大哥，那么着，你上我家待一会儿，我跟你唠唠嗑。

我像中了拍花一样跟着悠悠——不——刘二美后面走。她屁股一扭一扭，好像应该安个尾巴似的，雪白的胳膊肘上有两个小窝。

快到一家门口，她停下，见到我爸我妈，你就说你是我男朋友。重音在“友”字上，这是沈阳方言。我一点思想准备也没有啊！

准备啥？你来得正好，算你帮我个忙。

我说，你等等，我想想。

想啥？再说也不能在我们家门口想啊？快进屋。

不行，我买点礼物。

买吧，挑贵的，你有钱。

她家隔壁就是副食店。货架子摆满印刷包装精美的大盒子，我一样要一个，这个精那个晶。中国印刷业这么发达，全靠食品业支撑。我抱着这堆精美盒子，出门，悠悠说太够意思了。

她家住街后面，瓦房，院墙不高，到胯骨。园子里有西红柿和架秧的豆角。偌大的猪圈里只有一只小猪在沉思，一动不动，间或用鼻子“哼”一声。窗台上放着干透的玉米棒子和一双凉鞋。

见屋了。我有点害怕，我这算干啥的呢？悠悠必定有个什么事瞒着我。我这个人百分之五十情况下都糊涂，不好意思说“不”。

爸，那谁来了，悠悠喊。

她爸正掐着一只小猫脑袋往嘴里灌药，撂下猫，下炕，是个瘸子。哟！她爸被这些花花盒子震撼了。你看，这是干啥？快上炕。

悠悠把这些盒子一样一样摆在五节红堂柜上，柜后有镜子，把精品盒子衬得富丽堂皇。

她妈过来，羞涩地看我，说，你就是那谁呀？

悠悠说是。闹半天她家人算上悠悠还不知道我叫啥呢。

那啥，她爸说，整点酒菜呗。你那啥，把鞋脱了上炕呗？

我上炕，小炕桌摆上，她爸坐西厢，悠悠坐东厢，我背南。

菜上来了，炒黄瓜丝，炒苤蓝条。她爸用牙咬开“套马杆子”白酒，“咣咣”给我倒上一玻璃杯，给自己倒一碗。

我不喝酒，我……

到这儿还不喝啊？悠悠用手捏我腿。她捏我？这是她与我头一次肢体接触，被捏的部位是右大腿羽状肌。我跑步之后，自修运动医学，对肌肉骨骼了如指掌。那就喝吧。

我喝了一小口，酒精像一帮脚上带钩的攀岩者，挂在我的食管和胃壁上，正往血管里钻。酒精会不会是一种生物？

她爸用拇指和无名指扳着碗沿，举嘴边半天不动，喉头上下窜，稍后一仰脖，都干了。喝得别看慢，都干了。

“哈——”他开始吹气，像练瑜伽吐气，嗨，抖抖肩，拿筷子指我，你总算来了。

我总算来了？我看悠悠。

喝，我爸都喝了，你咋也整半杯。

我可不会吐气抖肩什么的，我又喝了一小口。

量力而行，她爸说，你说来，说了多少回才来。

要完蛋，没什么好事。

她爸又说，我姑娘病咋办？

我问悠悠，你有啥病？

啥病？你真幽默，你打的呗。她掐我比目鱼肌，俗称小腿肚子。悠悠又说，爸，那些事都过去了，别提了。

都过去了，别提了，我说。

我看你这个人挺有文化的，咋还打人呢？她妈不知啥时进来了，拿铲子指我。

别说了！她爸一拍筷子，说，你厂子卖了没？

这酒喝的，我哪有厂子？没等我说呢，悠悠抢过话头，卖了。他那破厂子统共六个人，还有一个打更老头，干不干没意思。

没意思，我说。

卖了厂子，你现在干啥？

悠悠回答，他现在卖疫苗呢，小鸡崽专用的。

一天挣多少钱？

挣多少钱？难死我了。我最恨撒谎，我根本应付不了撒谎后续的话题，跟电视连续剧似的。我说，我敬你。

我把半杯酒都喝了，喝醉了就不用回答这些问题了。

她爸又干了一碗，问，多少钱？

悠悠说，他一天挣二十多块钱。

她妈说，你送我们的电褥子坏了，我这边热，他那边不热。

那你换地方睡呗，悠悠说。

再买，我说。

深圳有消息没？他爸问。

悠悠说，没消息。

她爸又问，遗产官司打完没？

我看悠悠，悠悠说没信儿呢。

她爸说，你是李鸿章后人？了不起啊，那叫李中堂。

这回我反击了，我哪是李中堂后人，我是蒙古人。

悠悠说，他不承认，受刺激了。

她爸说，我没别的意思，遗产官司要是断下来，你俩这辈子吃喝不用愁了。到时候给我买个小四轮儿吧，时风的，小野也行。

她妈说给我买个摩托。

我承认我完全听不懂他们的话，他们家这个语境对我来说完全是唐僧取经路过的妖精国。

悠悠说，再给家里买个太阳能。

我呀，她爸夹菜嚼，停，从上下牙缝拽出四根韭菜叶，塞回重新嚼。她们家菜刀不怎么样。我真心希望你们好。我从小没爹没妈，因为腿脚不好，三十多岁还说不上媳妇。她妈原来的丈夫是矿工，砸死了，才找的我。孩子呢？我不说你也知道了，是抱养的，也顶算没爹没妈。我们爷儿俩都是没爹没妈的人，你说这算什么爷儿俩？我给人剁酸菜馅，那是在通辽饺子工厂。夏天酸菜臭啊，要多臭有多臭，从池子里捞出来，剁馅。不是缸，是池子。挖一个池子，抹上水泥积酸菜。冬天更遭罪。酸菜带冰碴的，一棵一棵捞出来，一个帮儿一个帮儿劈下去，剁馅，统共剁废六十把菜刀。两把刀一起剁，乒噔乓当，从早上六点剁到晚上十点，一个月挣一千块钱，给她买奶粉。我们家孩子在这村里净享受高档东西，第一个吃方便面的，是我们。第一个喝芬达饮料的，也是我们。你说把孩子拉巴大了吧，孩子有主意了，上沈阳打工，认识你了，这事也来了。

我正准备倾听什么事了，她妈插话，指我，你也太不自爱了，我们家孩子这么小，就让她流五回产。

那是肯定的，但我啥时候让她流产了？我这是在心里说，能让悠悠流产还好了呢。

她妈说，流就流吧，妇女早晚也是那么回事，你咋还逼她上舞厅跳舞挣钱呢？

我从来……悠悠掐我——羽状肌比目鱼肌缝匠肌，掐我也得说。我从来没逼她跳舞。

悠悠镇定地说，我自己愿意去的。

她爸端起酒碗，不说了，喝一个。这杯酒入肚，我的醉意上来了。

第十三章

醉意上来，我觉得周围可爱的事情特别多，悠悠、她爸、她妈都挺好玩。她爸正用手指掐自己膝盖，表情认真仿佛在膝盖里装了个发报机。她妈给悠悠梳头，拿个断齿木梳。悠悠，刚才我还觉得她是个女骗子，现在看不是了。她的大眼睛纯真无邪，表情安然。这家人多好。

我对他们说——说前又喝了两口酒——我不是悠悠朋友。哎，悠悠，你说你叫啥来？

悠悠说，醉了。她爸她妈都说这人喝醉了。她爸说，放谁身上，咱们刚才那一通攻击都得醉。

没事，我说。我在你们眼里是个骗子、强奸犯、小偷，但我不是，我是个作家。

他们乐了，说这个挺幽默。

我接着说，我受雅罗什么基金会指派，跟一个中亚人扎什么上你们这来。我卖什么厂子？我到这儿实地考察红山文化遗址。你们知道红山文化不？

他们摇头。

你们听说过玉龙吗？中华第一龙？

他们摇头。

你们就知道流产和酸菜。1971年，翁牛特旗三星他拉出土一个玉龙。在这之前，朝阳市牛河梁出土一个玉猪。猪和龙有区别吗？没有，都是一个断开的玉环，一端是兽头。拿到北京，苏秉琦说它是玉龙，从此身价大增。如果苏秉琦说它是玉猫，一钱不值了。他们把龙和中华文明联系到一块儿。牛河梁女神塑像和白音长汉女神雕像、三星他拉玉龙，还有赵宝沟文化遗址出土的器具都有相似点，它们都是突厥人的活动遗迹。

他们说，你说的是蒙古语吧？你用汉话再说一遍。

我说，我最感兴趣的不是让你姑娘流产，是考量一下红山文化跟中华文明有没有关系。

她爸说，我看你有点激动，上那屋睡吧。明天你把我电视机修修，然后咱俩上北山坡把树苗栽上。

我想起找马的事，说，不行，马丢了，找马去。一下地，鞋划拉半天没穿上。悠悠说，你醉这样找什么马？她挽我上了西屋。

我醒的时候已是半夜，月亮斜出窗户了。口渴，我到外屋水缸舀一瓢水喝了，想：这是哪儿，脑子像拉洋片，场景全出来了。雪青马——铁匠——悠悠——印刷品盒子——他爸用碗喝酒——悠悠是抱养的——我把厂子卖了——姑娘流产……

悠悠，本以为你是一纯洁的女孩，我不知好歹地暗恋你，你往我身上栽这么些野赃。再待下去不定还出什么事呢？悠悠假如明天早上流产还得怪我。走！

开门才伸脚，狗咬，我吓得缩了回来。她家水缸上面有个北窗，跳窗。窗宽也就五十厘米，上身和左腿刚钻过去，右脚让人拽住了。我没法回头看，窗小，但我也不能把右腿扔他们家，只好退回去。

悠悠她妈。她用极小的声音问，上后面干啥去？

看看。

明天再看吧，上屋睡觉去。她妈瞟我一眼。敢瞟我，不怕流产乎？

我回屋，见所谓悠悠刘二美穿全套衣服头朝里睡呢。我得问问她咋回事，推她，窗台铃铛响。细看，她用好几根线拦着身体，线头有铃铛。

干啥呀？她坐起来。

悠悠，昨天是咋回事？又看病，又流产？

跟你没关系，睡觉吧。她倒下。

别，你起来。跟我是没关系，我跟你说一会儿话。

悠悠又坐起来，揉眼睛。我回家换身份证来了，我爸我妈不让我走，正好你来帮我挡一下。

流产、舞厅什么的？

骗他们。他们让我回家干农活，我说流产了，挨打了，不愿回来。我说我有个男朋友，开工厂、卖疫苗，都是编的。我没男朋友。

深圳？

编的。

你的病？

都是编的。生活没意思，编呗。

你看我怎么办？

有啥怎么办？你已经完成任务了，明天接着找马吧。睡觉吧，你别碰我，有铃铛。

这就是新新人类，他们像漫画一样处理事务，抓个什么人当男朋友骗父母。他们这些在网络上生存的人认为虚幻才是真实，而真实的事情都不应该发生。悠悠转身睡了，我仔细看那些线，白棉线，系在手腕和脚腕上，连着窗户上的铃铛。

待我再次醒来，天光大亮，悠悠他爸正蹲在外边等我呢。悠悠说，我男朋友有急事回去，边说边往外推我，我说拜拜啦。到大门口，听她妈说，还不知道你叫啥名呢？

悠悠向我招手，站在她家矮墙边上。她伸出手，弯一弯手指肚，算告别了。

我要做的事是什么呢？第一是找马，肯定找不到了。第二是回“大吃大喝部”找扎伊诺，昨天不知他喝成什么样了，别再往烟囱里钻。

到“大吃大喝部”门前，老板脸贴门玻璃后面看我，我一打招呼，人没了。我进屋，老板呢？

没来。二奶正摘芹菜，回答我。

我刚看他在门后呢。

那是老板的弟弟。

让他弟弟过来。

买菜去了。

凡是这么说话的都是一帮骗子，老板躲我。我问，昨天那个外国人呢？

不知道。

二奶坐板凳上，劈着腿择芹菜叶子，乳房从宽领衫里宽出百分之二十七，老板连个乳罩都不给二奶买，真他妈抠。

我到外面晒太阳，等那个王八蛋。百加镇的太阳好，早晨七八点钟，暄暖。

老板开门，刚转头被我发现。我朋友呢？我问。

你问外国人呀？

对呀，我朋友。

他领我到一个屋，满屋酒气，扎伊诺还在呼呼大睡，我叫他起来。老板不知从哪儿弄来一碗小米粥和一碟咸菜，我们俩稀里呼噜吃了两碗，老板赔笑脸。

出了“大吃大喝部”，扎伊诺回头看，我怎么会在这里睡了一觉？

第十四章

我和扎伊诺回到了花火绣。

扎伊诺说，我要专心睡三天觉，所有事情都别打扰我。我要从睡梦中汲取阿巴斯一世赐给我的智慧，否则我会变成一只螳螂。

我问马怎么办？马丢了，怎么还给主人？

扎伊诺说，诸如此类的问题，包括我最近阴囊积水的问题，都需要在梦中请教阿巴斯一世。你如果想变成一个有智慧的人，很简单，不要打扰我。

好吧。

我每次长睡，都会梦见故事和哲理。我的人生其实在睡梦中，我醒来会和你分享。

你吃饭不？

我说过，别打扰我。

我回房间，接到一封上海来信，雅罗斯拉夫公爵夫人基金会来函，问卷。

你有权利不回答这些问题，但本答卷是活动的一部分，所以你有义务回答。需要提醒的是：

1. 要手写，不要使用电子版。答卷要原件，不接受复印件。

2. 可以在各种状态下答题：饮酒、服药、斗殴和做爱之后，但不可以在答题中诋毁挪威约苏亚集团及其产品三文鱼，约苏亚集团是本次活动赞助商之一。

提问很多，有些提问很愚蠢（凡是愚蠢的提问大多设有圈套），我只答了一部分。

你感觉此刻你幸福吗？为什么？你认为幸福作为感受可以持续多长时间？它有间隔吗？你确认你还会记得住你的幸福吗？

答：当我说到此刻的时刻，此刻已经走了，已经到达新的一刻。我不知道幸福不幸福。事实上，我们把所有感受命名为“幸福”或“不幸福”都是草率的。

所有能够到来的事物都带有一条时间的缰绳，换句话，它们跟时间一起来到。重要的是，它们跟随时间一起走了。时间，除了“走”这个特点之外，没其他任何特点。譬如，我刚才看到一堆蜜蜂挤在向日葵盘上，我觉得这个映象会长期留在我的脑海里。然而，蜜蜂和向日葵是“那一刻”的事，它们已经消失了，蜜蜂没消失，时间消失了。我做出无论是什么样的评论都晚了。我说看到向日葵和蜜蜂我感到幸福，是一条为时过晚的留言。是的，如果我们记得世上曾经有时间，所有关于感受的评论都太迟了，而且无益。

如果我回答此刻幸福，基本上是一个谎言。因为离开了比较，任何幸福感都是谎言。跟一个脱肛的人相比，我尚未脱肛，我仅仅是人类当中（比如世上有六百四十二点三万脱肛者）未遭此难的人。如果把它称之为幸福也未尝不可。但是，人生仅仅把未脱肛、未斜视、未阳痿当作幸福来看待，未免有一些勉强。蚂蚁不阳痿，你觉得它为此感到幸福吗?

你如果固执地说你幸福，一定是看了一些搞笑的电视剧。如果想让人摆脱现实的痛苦，就多看一些搞笑的电视剧吧。生活在美国的墨西哥人、华人都是在文艺中获得幸福的。

请描述一下尴尬与搔痒。

答：尴尬。

有一个人，比如说他叫马才。其实没人知道他姓啥，产房护士把他抱错了，抱给了老马家，他只好叫马才。或许，我们都有可能在产房被抱错，现在的姓没多少是真的。

马才长大了之后，上班下班，但没媳妇。有一天，他到酒馆喝酒，他的肾滤尿功能突然过度工作，尿液达到平时的十倍。他冲入酒馆卫生间，男厕被一位大爷占着。马才敲门示意他动作快点，大爷说我正在这儿写长篇小说呢，还得一年半。马才冒胆打开女厕门解决，完事见墙上有一行字：心上人咱们见面吧，138××××7797。这是女同性恋留的电话，马才不知道，心想还有这好事呢，记下了电话。

第二天，马才打那个电话，对方一听男的就挂了。再打，马才说我是给你送快递的，跟你核实一下姓名地址。女同志说她叫余琴，住哪区哪街哪楼。马才合计，快递，递啥呢？没啥递的就准备把他妈一条多年不穿的棉裤包裹好送给余琴。

见了面，那个女的长得相当漂亮，但有点像爷们儿，大手大脚的。

问：谁递的？马才说，一个老太太。

老太太？她递的啥呀？

不知道。

你别走啊，余琴说，没准尸块什么的，你得帮我扔下去。

马才想“心上人咱们见面吧”，我才不想走呢。端详这个屋，桌上摆了不少香蕉。

棉裤？余琴把手伸进棉裤兜里，金戒指！

金戒指？马才脑袋“嗡”了一下，他妈虽不是亲妈，怎么会有往棉裤里塞金戒指的习惯？他不知说啥，脑袋直冒汗。

存折！

存折？马才挺不住了，说那个啥，我管你叫姑奶奶吧。姑奶奶，求你看看裤兜里还有啥？

女的瞪了他一眼，关你蛋事！

金镯子！

马才扑通跪下了，姑奶奶，这是我妈的棉裤，还给我吧！

佘琴把棉裤坐腚底下，你不是送快递的吗？把你妈棉裤递出来了？

马才跪着膝盖疼，他把拖鞋脱下垫膝盖底下。老姑奶奶，我妈没给你快递，是我递的。

你递我金戒指、存折干啥？为啥放棉裤里？

姑奶奶，你让我说啥好呢？还给我吧，我求你了！

不行！我凭什么信你？我不认识你，你快出去，不然我打110了。

别价，佘奶奶。

别管我叫佘奶奶。

姑奶奶，你听我说。

说啥？

这棉裤真是我妈的，我看它不值钱，正在阳台上晒呢，就给你了。

佘琴指他脑门，你他妈放六六粉屁！咱们从来没来往，你妈棉裤不值钱就给我？你出去！

马才咣当给她磕个头，真的。

真的？你图啥呀？

我，我寻思你不说“心上人咱们见面”吗，还有电话，我就假装快递想跟你交个朋友。

啊，余琴明白过来了。啊，棉裤是幌子。

是幌子，棉裤是我妈的。

你不给我了吗？

是给你了，那不是有存折啥的嘛，我不知道。棉裤归你，金戒指、存折我拿回去。

放屁！我要你妈棉裤干啥？你妈叫啥名？

金日奇。

余琴一看存折，说对了。她把存折给了马才，棉裤也递给他。你快走啊！

还有金戒指。

金戒指还要啊？你不是想跟我搞对象吗？金戒指留下吧。

马才站起来，想了想，说行吧。

余琴说，还“行吧”，你占老便宜了。

后来，他们俩结婚了，为啥这么快呢？余琴同志身为同志，不结婚招致家里外头的声讨，对马才这个送上门的女婿怡然笑纳，拿马才当幌子，像棉裤一样。余琴给他提的条件是同居不同房，马才也答应了，以为余琴腼腆。再之后，余琴告诉马才可以随便出去找女人，她不限制；她找女人，马才也不得限制。马才脑袋里的脑细胞“噌噌”转，转了一个礼拜，才知道世上还有同性恋之说，也只好同意。因为余琴把存折、金戒指都还给了他。让马才感到尴尬的是，余琴把马才费尽辛苦找的女友发展为同志，她俩上一个床了。

答：搔痒。

从前，有一个皇帝，约莫是汉六帝，得了痒症。六帝的习惯是从白露到秋分，每天用盘子收草地上的露水，加桑葚。王不流行浸泡，加酒曲化为酒，喝之。

有一天，六帝喝了一盏露酒后，哇哇吐，吐出白虫子五根、红虫子四根，共九根虫子。大臣赞叹，说天下安稳了，九九归一。天下原本就挺安稳，六帝身上开始起痒。痒在左臂，搔之移右臂。转移的路线图与经络相吻合。比如，痒在左臂，腕上阳谷穴。挠，窜至右小臂支正穴。挠，窜左背肩贞穴。挠，赴右背秉风穴。均隔一站地。大臣秘议，龙种啊！龙乃有鳞，脱鳞换甲，就要痒嘛。也有大臣说，或许草地上的毒草弯虫随露水入体内，扰动邪风生痒。

六帝痒完的地方全生一个红痣，全在穴位上，十分威严。如果拿尺在两痣之间画一趟线，就是一条经络。比如，阳谷—支正—肩贞，这是小肠经。但，六帝并不在意身上的痣对黄帝内经做了多么大的贡献，他毕竟不是专门搞学术的。他只是痒，上朝议事，他口出长啸，噫——必把衣服脱溜光，开始挠。大臣们一拥而上，按事先划好的责任区一起挠。大司马王跃进负责足阳明胃经伏兔至梁丘，大御冠李抗美负责足太阳膀胱经委中至承筋，他们手下的二把手、三把手都有负责，三五十双手伸向六帝龙体，咔哧咔哧挠。大臣不敢用力挠，六帝说你们这帮小杂种，挠呀！他们假装挠得筋疲力尽，还是没用太大劲。即便如此，六帝君每每血流如注。出血之后，六帝命令往身上洒盐水煞煞，痒改疼，翻翻乱滚。

大臣们昭告天下，延名医，为皇上去痒。

揭榜的第一位医生号称是华佗的叔伯二大爷，叫华奇瑞。华医生一共长了三条腿，腿之三从左胯外生出，无膝盖。小腿肌无力，装一灰布缝的口袋里，不知道的以为他挎刀来的。华奇瑞告诉六帝，帝啊，你遭不少罪，照我说的做，保管不痒了，一共三条。

华医生告诉六帝，第一要改帝号，六在他身上主凶，要不安徽咋有六安呢？改什么呢？改成汉墓帝。大臣改口，称陛下为陛上。下啥玩意儿？经血不调才叫下呢。

六帝说，墓字不太好吧？华奇瑞说，怎么不好？陛上命里缺土，土者坤也脾也地也阴也，后天调养也。脾胃不和，惊扰肝风，贼气盎然，焉能不痒？墓字，好就好在有草有土有日有大，一派农业大国之丰象。农村的事情抓不好，你能不痒吗？

六帝依言下诏为汉墓帝。

二、华奇瑞说，下诏免百姓三年税赋。

免税赋？朝廷吃啥？

让宫娥纺线、大臣开荒嘛。痒者，养也。天下养好了，陛上区区小疥焉能不好？开玩笑！

墓帝下诏免百姓三年税赋。

第三条，华奇瑞把衣服尽去，光腚立廷上，说，杀剐可也，刀磨快点。

墓帝问，你还没给我治病呢？

治完了，第三条是你治我。

墓帝气坏了，适逢痒，曰：挠。众臣挠帝。挠完了，帝说挠他。众臣又挠华奇瑞。这回使劲了，大臣指甲都是红的，华奇瑞像一条鲜血淋漓的鳜鱼。张志和道：桃花流水鳜鱼肥。

华奇瑞道：我知道你肯定给我来这套。他从衣里掏出一个葫芦，洒手上，遍拍全身。众臣挠的伤口立愈，白如羊脂。

墓帝说，给我抹点呗。

华说，帝号和免税赋的诏令都不能改，且把挠我这帮大臣辞退回家，臣即把葫芦献上。

墓帝说，好也。众臣回家玩去吧，有事再找你们。

朝服脱下，下一拨人还用呢。

华医生给墓帝周身上下抹葫芦里的药，说用此药不可动杀机，一动就痒，那就没救了。

墓帝说，你提醒得好，孤本想等你抹完药就把你宰了汆汤，没承想这药还他妈带圈套的。算了，你活着吧。

老华说，谢陛上帝恩。日后臣若获罪当斩，把我这条废腿斩了抵罪吧。

墓帝又说，华爱卿，孤身上觉得爽多了。这药能管多少年？

华说，十八年。

十八年之后呢？

陛上十八年之后就驾崩了，死了还抹什么药？

你怎么知道孤十八年之后驾崩？

你身上的脉络走向在这摆着呢？十八年零三个月又四天，没错。

如果天不弃孤，苟延几岁，何以为之？

到时候再想办法吧。

啥办法？

现在不能说。

帝切齿，身痒。

华指帝说，看了吧，你又动杀机了。当皇帝光知道杀，混同于屠户，怎么会延长阳寿呢？你息杀机，痒自然好了。

墓帝闭目少顷，说，好了。果神医也。帝又说，爱卿，墓字义虽好，光照大地，百草丛生，听着还是不太好，给孤再换个帝号如何？

华奇瑞说，墓是止痒的。草日大土，核心是日。日者阳也，阳气接土，阴湿去矣。换帝号？日还是不能少的，叫景帝吧。景者，影也，阴阳相随之谓也。

从此，汉景帝脱离了瘙痒症。

基金会问卷的提问多了，有暇我再把答案抄几则，让大伙笑话。

◎ 永远的克什克腾

◎ 光

◎ 阿巴嘎旗

◎ 内蒙古史诗·鄂尔古涅坤

◎ 远方

◎ 两个布里亚特

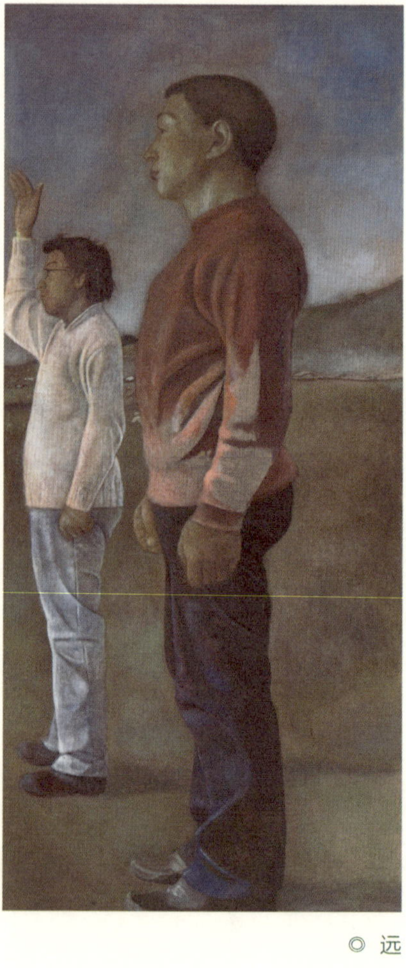

◎ 远

第十五章

扎伊诺在第三天早上醒了，他满脸笑吟吟的，像在梦里占了多大的便宜。他说，鲍，我们今天做什么？

我们要把丢马的消息告诉马的主人。

是的，他咬指甲思考，我们要把钱带上赔她。

没我，这是你的事。

是你没把马找回来。

谁都找不回来，如果马被偷走的话。你赔的理由是，马是你借的。

是的，我先垫上，以后让雅罗斯拉夫公爵夫人基金会报销吧。

那是你的事。

可是我们到哪里去找丢马的人呢？

我已经问好了，向大巴车司机问到的。借你马的女人叫德力格尔玛，她家住在贵力思台，汉语翻译过来是“有杏花的地方”。

什么花？

杏花。

离这儿多远?

二十里地。

我们去吧。

草原上的沙石路像一条白色的带子，在阳光下历历耀眼。草的叶子向四面八方摇动，却感觉不到风，好像草底下有无数只手在摇动。昨夜刚下过雨，远看，草深处有闪闪的积水。突然，有一棵带紫穗的草高高地探出头，打量周围的风景。野花随一天的时序开放，蓝色的老鸹嘴花已经闭合了，百合花的花瓣向后弯下腰，好像红铁条被烧弯了。

我问扎伊诺，你收到基金会的问卷了吗?

扎伊诺说，我正想这件事。他们问了我许多问题，大约有一百个，我只对一个提问有兴趣，那就是我的初恋。

鲍，你知道，我出生在伊斯法罕，是海拔两千米的高原。但我姑姑住在卡泽伦，靠着波斯湾，东边不远是设拉子，那里有大片的樱桃树和一个飞机场。

我八岁的时候，姑姑手心长了一个筋包，好像抓了一个鸡蛋。走在街上，别人说，握紧啊，鸡蛋快掉下来了。她领着我去坎甘看病，找一个双腿扭曲在一起像中国盆景的俾路支人看病。他的腿可以像十八街大麻花一样缠紧又松开，我疑心这是瑜伽的一种。他的家是一座带露台的白房子，院里的椰枣树下站一只奶山羊，边上有井。

椰枣花真香啊！从你鼻孔钻进去，围心血管绕三个圈，分两路到腿上，最后留在脚指甲。我正闭着眼嗅花香，有个声音说：月亮叫你。睁眼，见到奶山羊边上多出来一个小女孩，六七岁，围着白纱巾，她简直像从奶山羊身体里钻出来的，抱一个水罐。

我问你是月亮吗？她说我是契美。

契美有端正的鼻梁和轮廓分明的嘴唇，两只黑葡萄般的眼睛像已经把你看穿。我有点心慌了，说我叫扎伊诺，我家住在伊斯法罕。契美说你喝一口水罐里的水会变成帕提亚人的皇帝。我喝了水罐的水，没变成皇帝，但感觉五脏变轻了。

我把一枚银币送给了契美。银币凿一个洞，原来是拴土耳其水烟袋的，我爷爷送给了我。契美说，这就算你娶我的订金吧。三个月来，我一直担心长大之后没人娶我。

我说我家的羊群多到一百只，卖了娶你。

契美说你必须长大才娶我。你姑姑的手上为什么长一个鸡蛋？别人说她经常偷鸡蛋，这是真主的处罚。我爷爷说它不是鸡蛋，是异教徒的心脏。

你爷爷的腿像麻花是为什么？

为了把能量挤到脑袋上。我爷爷说人们之所以得病，是腿把人的能量都占用了，人老腿先老。

你爷爷还会什么？我问。

我爷爷会训练松鼠跳舞。松鼠用尾巴擦我爷爷的铜镜，还会站在木棍上向真主祷告。我爷爷会让沙枣吃上去有一股花椒味，他还会讲笑话。

他讲了什么笑话？

他说，纳斯尔丁是全知的人。别人问，你是全知的人，知道宣礼塔是什么吗？纳斯尔丁说，塔就是把水井掏出来晒晒太阳。你为什么不笑？

我当时被契美的声音迷住了。她说话的时候，嘴唇像花瓣在风中颤动。她的声音像银瓶丢到古井里，叮咚清脆。我觉得我一生的责任很重，我要娶她为妻了，我甚至假装像大人那样咳嗽一声。

我问她结婚想住什么样的房子，是不是箱子的四角包着银片。

契美说我的房子是用椰枣泥做的，里面刷一层金盏花的蜜，墙角放一支银烛台，有琥珀的灯罩。

我问什么样的被褥？

她说褥子是灯芯草絮的，被子是老鹰的两个翅膀，一人盖一个睡觉。我们躺在老鹰翅膀下面讲故事，等待星星从门缝里钻进来，听我们的故事。星星困了之后，躺在我们的脚下睡觉，它们的身体碰到墙上的蜜之后，化成了水，白银的水，我们用星星的水洗脚。鲍，你听到没有？

契美的想象力多好啊！他们俾路支人的口头文学很发达。总之，她跟我说了很多这样的故事，我入迷了，我的想象力没她那么好。

后来，契美的爷爷用蛇皮包在我姑姑手心的筋包上，用炭火烤。筋包缩回去了，但我姑姑的左眼鼓了出来。你说这怪不怪，难道筋包是她的眼睛吗？

我姑姑的眼睛鼓出来，是一个很大的白球，脱离了上下眼皮，在眼眶吊着，像假的，而且眼球不会转了。我问她能不能看见东西，姑姑说太凉了，眼球像浸在冰水里。

我姑姑请契美的爷爷让眼球缩回去，手心的筋包再鼓出来也不要紧。她爷爷，这个有一双麻花腿的老俾路支人说，眼睛回不去了，这是蛇神的意思。而且——她爷爷说——你鼓出来的眼睛可以看到十代以上去世的人。我姑姑说我可不想看到他们，我怕他们见到我这个样子把我烧死。

后来呢？你自然猜得出来，他们不欢而散，并没有发生爱情。我姑姑索回送给契美爷爷的六十粒大珊瑚和一块门牙大的猫眼绿宝石，契美的爷爷朝我姑姑身上啐了一口唾沫。我的初恋就此完结。

我之所以把这次经历叫作初恋，是因为我忘不了契美。在梦中梦见她的时候更多。在梦中，她有时抱着带埃及花纹的陶水罐，有时抱着琥珀灯罩的灯，她的嘴唇在风中颤抖。而我想到她的时候——虽然我只有八岁——心里散漫着甜蜜的忧伤。我十八岁时想去坎甘看一看契美，因为我几乎相信她已经住进一座椰枣泥垒成的房子里，屋里全是椰枣花的香气。我怀念老鹰的翅膀，它打开有两米多长，像黑色的小帐篷盖着契美，没有任何山猫野兽敢于侵犯她，契美。

你去了吗？我问。

我没有钱。从伊斯法罕到坎甘需要一百个里亚尔，我当时连一双鞋都买不起。我的第二次初恋发生在十四岁。

第二次就不能叫初恋了吧？我对他说。

错！没结婚之前发生的所有恋爱都叫初恋。

你现在结婚了吗？

没有。

那我估计你已经有一百多次初恋了。

错！三百多次。十四岁的时候，我在卡泽伦铁路学校读书，其实在十四岁之前我还有过七八次的小恋爱，印象不深就不算了。我每天放学，跳过一道矮墙，沿水渠朝兵营方向走，我家就住在兵营后面的锡器铺边上。水渠尽头有一个塔楼，是当年看水渠的人住的，后来没人了一天，我看到鸽子叼一封信飞进了塔楼的窗户。我以为我看错了，想了想，鸽子一定叼进去一封信。因为鸽子飞出来时浑身是灰色的，刚才它胸前有很大的一片白。我爬上了塔楼。屋子里光线很暗，墙上有油漆画的心形。地下有一封信，我捡起来，上写“法蒂玛收”。自然这是个女孩子的名字。

我知道不应该打开这封信，况且是鸽子叼来的。你知道，少年人的手和脑子是两回事，谁也不听谁的，我把信打开了。信上说：

> 法蒂玛，我对你的爱恋有波斯波利斯河那么长，虽然我在沙赫尔，但感觉就在你身边，在那座塔楼上。我祈祷让沙赫尔山的每一株栗子树都为你开放一朵白丝绸的花，让海水变成凝固的蓝琉璃。

扎伊诺解释，信上没说用什么可以让海水变成蓝琉璃，没道理。信上还说：

让我们的灰鸽子用温柔的翅膀替我抚摸你的脸庞，

爱你的巴布。

信不长，就这些内容。巴布在阿拉伯语里是“门”的意思，显然这是个化名。

我哆里哆嗦刚要把信塞回信封，当然，我在信的末尾加了一行字：

吻你，你的身体就是我的礼拜五花园。

这时候，背后传来脚步声，回头看，一个美丽的女孩子。你可以认为契美长到十二三岁就这模样，比新月更漂亮、更纯洁，但她眼里透出愤怒的火焰。

为什么看我的信？她一把扯过信。打开信，她显然发现了我加的一行字。小流氓！黑夜会惩罚你，让你睡不着觉！

她说得很对，后来我得了间歇性的失眠症。失眠的时候，浑身骨头痛，只好靠墙站着睡觉，像马一样，除非喝一点酒。如果是金酒兑一些伏特加就更好了。

这个女孩子拿了信转身就走，我跟了出去。她趴在水渠上边的铁栏上擦眼泪，我觉得应该安慰她一下，至少说出我的歉意。我凑上前，说，法蒂玛……她打断我，不许叫我的名字，你玷污了我的信。

我说，我愿意用我家的一罐糖渍醋栗赔偿你。她没说话，其实我家并没有糖渍醋栗，我每天睡觉前都祈祷真主在我第二天醒来发现地上有一罐醋栗。

我说我愿意把我家祖传的萨桑王朝的一把鎏金铜壶送给你。当然没有这把壶。

你家不可能有这样的壶，从你穿的鞋就看得出来。

我的鞋用三根皮弦绑着，鞋底和鞋帮已经分开三年多了。

她说，如果你愿意表达你的诚意，就把小鸟的窝捞上来吧。

渠水里流过一只细树枝的鸟窝，没人知道它怎么会漂到河里。窝里有几只毛茸茸的小鸟，正叽哇乱叫。

我想也没想就跳了下去。鲍，你为什么不问水有多深？是的，水不深。真主保佑，这条水渠的淤泥积得很深，否则我的脖子早被渠底的石头折断了。我跳下去之后，两手插进淤泥里拔不出来，脚丫在水面乱蹬。我把胳膊从泥里拔出来后，脚又陷进泥里，脸被水里生的树毛子划出了血，但这总比被淹死好。我挣扎上岸，样子一定很可怕。法蒂玛脸吓白了，她掏出一个粉色的手绢为我擦伤口，用胳膊抱着我的头。我索性装死，躺在她的臂弯里，闭上眼睛，阳光照在身上很舒服。她吓得叫起来，用手指摸我鼻息，我屏住呼吸。她翻开我眼皮，我眼珠茫然地看着天上的云朵，不眨。当时天空一共有三朵云，两朵小云追前面那朵大云。她哭了，胸脯起伏。你不要死，真主保佑你不死，就算偷看别人的信也不该死啊！怎么办？

我本来想多装一会儿死，我的意思是说多闻一闻她身上的香味，比椰枣花还香甜。法蒂玛善良，如果换了我，看到这个人死了，早就推到水渠里了。我假装深吐一口气，慢慢睁开眼睛，问：你是谁？

法蒂玛笑了，泪水洒我脸上，说太好了，全能的真主，你真仁慈。她又说，你吓死我了。

我假装很英雄地问，小鸟呢？

她又笑了，这时候还管什么小鸟？

我扑啦站起来，说，我要找小鸟。

她拉住我，你千万不要再跳进水渠里了，吓死我了。为了你的复活，我应该感谢你。

怎么感谢？

你送给我的那罐糖渍醋栗和萨桑王朝的铜壶我都不要了。

这不算感谢，因为我家没有这些东西。

咱们扯平了。

没有，你应该答应我一件事。

什么事？

吻我一下。

她低头，我看到她的血已经涌到脸上，连耳朵都红了。那时候我很傻，不知道这就是说我可以吻她。我却伸长脖子等她吻，估计我的脸很脏。说，吻吧。

她起身一甩手绢走了，我跑过去拉住她，想吻她。对着这张美丽的脸我不知吻哪儿好，脸蛋、鼻子、脖子，就像一个饿昏的人跳进果园不知摘什么果子吃。我的双臂开始抖，因为抓着她的胳膊，她也跟着抖，我们俩像用筛子筛土。我的脖子和嘴都不听使唤了，吻到她眼皮上。之后，法蒂玛跑了，再也没见到她。

我去过水渠边上的塔楼无数次，在塔楼里面还住了一个晚上，等那只鸽子或法蒂玛本人出现。没有，这一切都像没发生过一样，像我看过的电影，结束之后什么都没有了。

这时候，我们走上了一道高冈，往下看，一个牧民的房子就在下边。房后是红柳编的装牛粪的囤子，几只鸭子从草丛钻出来嘎嘎叫。这是德力格尔玛的房子，借我们马的那个女人的家。

门口没狗，我跟扎伊诺进了屋子。

第十六章

他们家三间大瓦房，向阳的三间住人会客，北面是厨房、储藏间。家里没人，门没锁，一根树枝横穿在两扇门的拉手里，这是怕猪狗进屋。

牧区的人也睡床了。床上放着手机，隔一会儿来一条短信，彩铃是梅林组合的歌曲。家里面每一个房间都挂着成吉思汗像，有画像和毯子织的。

扎伊诺问，他家为什么不锁门？

没人偷东西。我告诉他，蒙古人认为偷东西是耻辱的事情，他们没那么大的勇气偷别人东西。

伊斯兰教对偷东西人的惩罚是砍掉他的手，但你很少在阿拉伯世界看到没有手的人。扎伊诺说。

被砍手的人在哪里待着，深山老林？

我没见过没手的人。蒙古人如果偷了东西会怎么样？他问我。

这个人会背负一个贼名，到哪里都抬不起头，治安和道德其实有连带关系。如果有困难你尽可以向别人求告，米啦，面啦，别人会救助你，不必偷。

你的意思我明白，慷慨善良的习俗会减少偷窃行为。

扎伊诺打开他家的箱子，看到叠得很好的蒙古袍，还有羚羊角、两个深褐干瘪的肉球，连在一起。这是什么？

我说可能是鹿的睾丸，也可能是野猪、熊的睾丸。

泡酒喝会不会增进性欲？

喝了你会在悬崖边跳上跳下，上树，舔自己的手。

算了，刚才我还想偷走呢。

你经常偷东西？

现在不怎么偷了，小时候将兵营的触发式地雷偷出来把外祖父的牛棚炸了。我是叛逆分子。他们家有茶吗？

暖瓶里有热奶茶，早上烧的，我们俩坐床上喝茶。我从冰箱里（还有冰箱）拿出切好的奶豆腐佐茶。

扎伊诺说，我给你讲我的第三次初恋。那一年巴列维王朝被霍梅尼反对派势力覆亡，霍梅尼建立了伊斯兰共和国。那一年我二十一岁，在念大学。

那些日子，我们大学生通宵达旦喝酒庆祝。有一天我醉卧街头，在比尔詹德大街边上的胡同里，时间好像是在凌晨。我被人踢醒了，睁眼看，踢我的是一个姑娘，学生装束，手里抱一本洛尔迦的绿皮诗集。你猜她另一只手拿着什么？马的缰绳。原来，有一辆马车朝我驶过来，马车夫也喝醉了。是卡赞勒住了缰绳，不然我就被马踩死了。我这辈子，要么差点让女人害死，要么被女人救活，就是这样。卡赞，这个救我的女大学生，在苏莱曼女子大学主修希腊史，她每个礼拜五的凌晨都要到博季罗格塔格公墓她奶奶的坟前读阿莱克桑德雷的诗。她奶奶活着的时候，每天凌晨都要读这位诗人的诗。这些诗我现在还记得：

告诉我，告诉我处女的秘密，告诉我栖身地府的秘密。我要知道为什么你现在变成了水，在清新的河岸，赤露的脚与浪沫嬉戏。

这是阿莱克桑德雷的诗《献给一个死去的姑娘》。

这个踢我的人救了我，卡赞，后来我们成了恋人。

她有一个孩子，男孩，三岁，名字叫苏萨，这是一个古城的名字。苏萨的父母在抗议巴列维王朝的集会中被警察抓走，警察把三个月大的苏萨从母亲怀里夺过来扔到广场的灌木丛里，被卡赞捡到。卡赞说她的使命有两个，一是礼拜五凌晨到公墓为奶奶朗诵阿莱克桑德雷的诗，第二个是为苏萨找到父母。我们成了恋人之后，这两件事也成了我的使命。直到现在，到了礼拜五的凌晨天没亮的时候，阿莱克桑德雷的诗会自动在我脑子里回响，像阳光挤进窗帘一样：

我们睁开眼睛于寂静，有一个早晨，我们醒于寂静。我们几乎认不得自己，身体被土墙所围住。

有几句忘了，下面是：

自视并自摇，看到尘雾扬起却不像自己，而见四肢出现，摸自己：我在此，手在此，这是我的躯体，我的腿以及完完整整我的头。

这是他的诗，我不明白阿莱克桑德雷为什么能获得诺贝尔文学奖。他的诗我不懂。

眼前出现上路的人，很久以前，几乎是亿万年前，迎接晨曦的人，你出发，踏上一步，先举步而行，那裸露的脚踝，你还记得吗？

当然，这种诗很适合在公墓朗诵，在露水打湿裤角、有蟋蟀、墓碑摸上去冰凉的地方适合念这样的诗。

卡赞胸口有一颗痣，她说这是认识我之后长出来的。还有一个女人认识我之后也长出一颗痣，不过是在屁股上。她自己不知道，是我发现的。原来没有，后来出现了。卡赞在袒露这颗痣的时候，你觉得她像一个女神。她常常不穿衣服在屋里走来走去，臀部丰润。我有时觉得她屁股不分瓣就更加完美了，如同一个西班牙柚子。她的腿从膝盖往下，从胫骨到脚背，都像是象牙雕刻的。你觉得她皮肤里面的静脉都是假的，如同博茨瓦纳的象牙工艺品。她的家就在我差点被马踩死的那条街，北面窗户可以看见积雪的厄尔布鲁士山的南麓。

卡赞跟我讨论一些奇怪的问题，比如：雪山如果融化尽了，地球上还有河流吗？海洋深处是否还有另外一种更高级的文明？还有，阿根廷和智利为什么不发生战争？这简直是奇谈！他们为什么要发生战争呢？智利的国土就那么一长条，发生战争不被挤到海里了吗？

我和她拉着手，看遍了每一座墓，计算墓主的年代。夏天，公墓没有苍蝇和蚊子，这是很怪的一件事，苍蝇和蚊子怕什么呢？

再说第二件事，我和她寻找苏萨的父母。我们去过很多监狱，给狱吏送上两盒香烟，请他帮忙打听一下，有没有犯人在示威中丢掉了小孩。在一个叫内里兹的监狱，狱吏传话说找到了这个人，他叫乔如拉万。我们把孩子带去了，苏萨和乔如拉万长得惊人的相像，比如说完话抽一抽鼻子，耳朵紧贴在颅骨上。肯定地说，苏萨找到了父亲。他父亲还有半年出狱。

乔如拉万出狱后，来找卡赞和苏萨。出狱的人理发换衣之后，有一种别样的魅力，可能是羞怯、苍白或手脚笨拙的缘故，卡赞开始喜欢乔如拉万。要命的是，乔如拉万所知道的阿莱克桑德雷的诗比我要多，譬如：

> 我对你爱之不尽，你高大外貌在午后悄悄移近，微笑。我惊讶于你的细腻皮肤，于你脸上明显的秘密。

等等。

他还会背诵艾兴多夫的诗：

来吧，你寂静的夜晚，多么轻柔地从山峦下降。微风已全体安眠，只有一位水手疲于奔命，踏越海浪而来，在港口，咏唱颂神的晚歌。

够了，这个狗娘养的政治犯怎么会记得这么多诗？世上的诗人都应该被抓进内里兹监狱。为什么写这么多的诗？如果世界上没有诗，会比现在安静得多。

乔如拉万要把苏萨领走的时候，苏萨哇哇大哭，卡赞小声啜泣。乔如拉万坐下来抽烟，他的卷发和粗壮的脖颈使他像一个歌剧的主角。他妈的，明摆着是我多余了，谁看他们三个都是一家人。

我把乔如拉万约到一家咖啡馆，说他已经破坏了我的幸福，他说他不懂。我说你最好失踪，他说他不明白。我朝他脸上打了一拳，他没还手，拉着我袖子到咖啡馆的后院，他说打吧。

乔如拉万在监狱里是石匠，服苦役的，肌肉比我发达。我不管那个，一拳打在他鼻子上，出了不少血，他还不还手。我以为他被我打怕了，用手掌在他脖子上砍，用皮鞋在他肋骨上踢。他躺着，一手抱头，一手护着肚子，像婴儿一样躺着，我朝他屁股又踢了一脚。

他站起来，被我打变样了，我几乎不认识他了，衣服破了，背变驼，表情也不一样了。他说，好了吗？我只好走了。好了吗？什么意思？

这句话跟了我好几年，他至少要说两句，或者恶毒地骂我几句。他说“好了吗”，一想起这句话我就非常他妈的沮丧。

好什么好？我只好离开卡赞，招呼也没打，我没法向她描述这个过程。我估计他们现在已经有六七个孩子了。当然，如果乔如拉万在两伊战争期间被征入伍，也可能丧命了，像我邻居一样。

鲍，这是我第三次初恋。第几次都无所谓，这是我人生的插曲。

我问他，你离开卡赞之后，她胸口的痣还在吗？

你问得好。她说她在清真寺洗澡的时候，一个女人说过，这个痣会消失掉。有时候你不能不相信这些奇怪的预言，自从在监狱找到乔如拉万之后，她的痣开始一点点变小，乔如拉万出狱之后，痣竟然没了。你说怪不怪？

听上去挺奇异。

但我不觉得奇异，她也许用药水把痣弄掉了。你说呢？

有这种可能。

这时候门响，外面进来两个人，一男一女，显然是这家的主人。女的见了扎伊诺哈哈大笑，直至笑弯了腰，接着用蒙古语说，他就是向我借马的人。

我把这话告诉了扎伊诺。扎伊诺“嗖”地从床上跳下，鞠了一躬，说，我请求你们宽恕来了，马丢了。

女人指玻璃窗外面，雪青马拴在桩子上，鞍上披着红色的、丙纶质料的带唐老鸭图案的小毯子。

扎伊诺问，马认识家吗？

德力格尔玛说，我外甥到镇里办事，见到我的马就骑回来了。

扎伊诺哈哈大笑。

那男人说，我叫王瑙浩，是这里的嘎查长。我听我老婆说你借了她的马，我觉得你是实在的人。接着喝茶吧，我们欢迎不奸诈的人。

茶、肉和酒都端上来，放在一张更大的桌子上。扎伊诺因为见到了马，心情舒畅，说马呀，你为我节省了八千元人民币啊！

王瑙浩说，哪里是八千？我的马已经值一万元钱了。就是丢了，也不会让你赔，因为不是你偷的马。

扎伊诺说，我觉得你们都像马一样善良，比马更善良。

王瑙浩说，我听出来你是幽默的人，比马还幽默。马只在喷响鼻的时候有一点幽默，其余时间都像我们一样善良。

第十七章

扎伊诺看到王瑙浩和德力格尔玛两口子这么豁达，着实感动。他从每个兜里掏出一把钱堆在炕上，说我把这些钱的一半——他用手拢一下——给你，粉嘟噜的钱分成两小堆。

嘻嘻，这是王瑙浩笑出的声音—— xixi，我不要你的钱，我比你有钱。嘻嘻。

“嘻嘻”是舌前音，牙让开一条缝，舌扁宽抵牙两侧，舌尖冲前，嘻嘻。每个人的笑声都不一样，哈哈是最接近美声的笑法。如果在哈哈大笑人的头上撒一层麦粒，哈哈一定把麦粒震下来，共鸣使然。但人参加工作之后，越升迁越没有哈哈大笑的了，不谦逊。上颚和头腔共鸣产生的“哈哈”，像不想玩了。嘿嘿，是卑下之笑，有点声儿，不大。一般人也就停留在嘿嘿上，如同没经过扩音的笑声。我没在古代待过，不知其时人笑出多大声音。现在大部分人笑而无声了，有人做个笑容，如空姐；有人把笑容演化为表情（睡觉除外），常见职场低级职员。好多人连笑容都没了。在大街上走，最出人意料的不是车辆拥挤、随地吐痰，是人人脸上都没笑容，集体关闭笑闸了。我想起在图瓦国，他们的人大清早就带着笑容，只要你是人他就笑，好像不笑不行，不笑就是仇敌。我初看毛了，见他们人人都笑，于是随笑，过一会儿腮帮子肌肉产生乳酸。在南部德国山上的一个村子，我住了一个月。山上见不到人，见人要到森林里，不一会儿，就有散步的、跑步的中年胖红脸夫妻走过，老远盯着你笑，特诚恳，像走了遥远的路就为送你一个笑。那一个月，我天天笑，习惯了。回国到了北京机场，估计我脸上还剩下挺多在德国森林里练出的笑，人人都躲着我，尤其是年轻女的。我拐入机场卫生间，照镜子检查我的脸和笑，挺正常啊，并非色眯眯而是友善。从卫生间出来，立刻被两个警察堵住，检查我的证件。我问为什么检查我？二警说例行公务。我说是不是我刚才笑，有人告密？警察笑了，意味深长，趴我耳边小声说，没人阻止您笑。从那一刻开始，我收起了我全部的笑，我想象我的脸就是丘吉尔。但发现，不笑比笑累得慌，一边笑一边走路放松，怪不得图瓦人笑。

嘻嘻说，我的钱，呸！他往手心吐口唾沫，到处都是钱。他掀开铺炕的地板革，钱。他把鞋脱下，抽出鞋垫，底下是钱。他从镜框后面、成吉思汗像后面拿出钱。他把钢筋焊的洗脸盆架上的红色洗脸盆翻过来，底下用胶纸粘着钱。嘻嘻……

你为什么这样啊？扎伊诺问。

王瑙浩用手画一个大圆，钱这种东西，苍蝇你见过吧？就像苍蝇一样，到处繁殖，它们甚至在空中飞行性交，在奶豆腐上搞破鞋，它呼呼繁殖。钱就是这样，它是臭婊子，跟谁都好，所以婊子喜欢钱。

你为什么到处放钱？扎伊诺问。

就是，王瑙浩答不上来了，看屋顶想了半天，说我给你们看好东西。

他从外边拿进一个铁丝笼子，像是装兔子的笼，中间横棍上站着两只黄雀。他说蒙古人没有把鸟装进笼子的，没有自由的人和动物都会难受。我不管，我有理想。他把音响打开，对鸟说，“布积各”（跳舞）。

音乐起，节奏强烈，棍上的黄雀翅子一伸一缩，像怪物一样，太好玩了。他关掉音响，唱慢板的《诺恩吉雅》：“老哈啊河呃水，长又长——昂。”两小鸟缓缓伸翅、侧身、仰头，如表演悲剧的《天鹅湖》。

怎么样？嘻嘻。

扎伊诺入神了，半天才缓过来，说你把鸟卖给我吧，多少钱？

不卖，我有的是钱。他手环指屋里，从缝纫机布罩下取出二百元钱，卷成小卷儿，塞入筷子笼。接着，趴地下，从箱子底下掏出一个蛤蟆。他把蛤蟆放在手心，说“格得瑟”（肚子）。

奇迹发生了，蛤蟆开始鼓肚子，越来越大，后来透明而薄亮，从下巴到腹部的体积超过身体。蛤蟆眼睛傲慢地咕溜溜转，看人的反应。

鼓掌！王瑙浩说，啪啪鼓掌。扎伊诺拍腿。不要拍腿，王瑙浩说，它会不高兴。我们像欢迎领导讲话一样鼓掌。王瑙浩打了个口哨，蛤蟆肚子缩了回去。王瑙浩从玻璃瓶里倒出几个拔掉翅膀的苍蝇喂青蛙。他问扎伊诺，你看了这些，就不想问“为什么到处放钱”了。我的宠物到处都可以看到钱，它们觉得生活有乐趣，还有好玩的。

王瑙浩搬出一个大纸箱，纸箱上印着“冰红茶”，里边一层棉花套子，一条破军裤。他捧出一只老鼠，是胖乎乎的田鼠。

老鼠皮毛黄褐，大眼睛，身上竟然挂一副笼头，像拉车的辕马一样，嘴上戴铁丝罩。要不的话，它就咬碎纸箱跑了，王瑙浩说。这些宠物里，耗子最不喜欢我。所有的耗子都不喜欢人，人身上的邪味让它们恶心，超过腐烂的母鸡内脏的气味。介，他拿过一个铁皮做的小车，给老鼠拉上。

老鼠疾捷迈着小步，钻进箱子底下。咴，他掏出老鼠和车，往车上放了个铁秤砣，老鼠艰难地往前走。

哈哈哈，扎伊诺笑岔气了，你这里真是美妙的动物王国。

嘘，不要笑，耗子讨厌笑声。王瑙浩把蛤蟆从衣服里掏出来放在老鼠前面，蛤蟆像队长一样，扬着头叫“呱”，老鼠往前走一步。“呱”，老鼠又走一步。

你是怎么训练的？扎伊诺问。

王瑙浩把蛤蟆和老鼠都放回去，说，好多人都这样问。我告诉他们，不要问为什么和怎么样，人活一辈子不明白的事多着呢。你以为你问别人就会告诉你吗？现在的人，比如我儿子，送他到乌丹中学学了两年，到处问为什么，我好恼火。你自己想，问什么问？这就是生活。问什么问？对不对？他问德力格尔玛。

德力格尔玛深沉地点点头，说，你问我的也是问话，我不应该回答你才对。

总之，见到你们很愉快。我猜测你有一个显赫的家族，给我们讲讲故事吧，扎伊诺说。

没意思，王瑙浩说，我们还是喝茶吧。

德力格尔玛骗身坐炕沿上，指王瑙浩，他不是蒙古人，他身上有好多层串种，他的爷爷、奶奶、姥爷和姥姥都不是一个民族的人。

我舅妈、姨爷和姑姥爷也不是一个民族的人，王瑙浩说。

那和你血统没关系。

王瑙浩挤挤眼睛，我……我说到我的时候，顶算说到很多人。我爷爷是谁，连我奶奶都不知道，因为我奶奶是一个茨岗人。苏联红军占领符拉迪沃斯托克，我奶奶的奶奶领她到了哈尔滨，住在犹太人居住的地方。我奶奶叫查米丽亚，鬼知道这是哪个民族的名字。她会唱歌，会占卜，会治性病。她把得性病的白俄人扒光了绑在柱子上，往他那个地方浇肉汤，让狗舔。狗死了，人好了，就这么简单。有一次我奶奶预测一个犹太人脑袋会长一个大包。犹太人说，一个月内我脑袋如果不长包，你就脱光衣服到马迭尔大街走一圈儿。我奶奶答应了。到了第七天，我奶奶到了犹太人家里，在门口把衣服全脱掉了，只穿一双袜子。是鹿皮缝的袜子，她非常喜欢，连睡觉都穿着。她穿着这双袜子，身上什么也没有，管家已经被吓跑了。她光溜溜地到了客厅，犹太人一家正喝茶、吃樱桃馅饼。这是我奶奶告诉我的。樱桃馅里要加上柠檬汁，否则脚趾会抽筋，犹太人一家吓得跳起来。我奶奶说，一个月的时间太长了，我现在就要到马迭尔大街逛一圈儿。犹太人——他的名字叫司旺，像蒙古人的名字，是开金店的。他说，求您了，把衣服穿上。不，我奶奶查米丽亚说，我要和你一起去马迭尔大街逛逛，你再给我买一客冰激凌。司旺说，我输了，但我们犹太人不能白白输掉钱财。我脑袋没有包啊？算了，把赌金给你，那是一支银烛台。司旺说，假如一个月内我脑袋不出包，你要赔偿我，每天还我一块银圆。我奶奶拿着银烛台回家了。可是，没出一个月，犹太人司旺的脑袋就起了一个痈，像核桃那么大。嘻嘻，你们不觉得神奇吗？我去给你们拿这个银烛台。

银烛台包在装化肥的编织袋里，拿出来一看，枝状，七个枝。银子的色泽不光是白，如同金属中的玉，光泽内敛，好像蜡经过一亿年变成了化石。噗！王瑙浩吹了吹烛台。王瑙浩把烛台插上蜡，点燃，顶在自己鼻尖上。他的鼻头圆而厚，正好顶烛台什么的。他松开手，缓缓用嘴吹气，火苗摇曳，往上拔长苗。接着火苗变细，只剩下蓝焰。这时，蛤蟆不知从哪儿窜出来，蹦到王瑙浩脸上，烛台掉了。

他妈的蛤蟆，让耗子吃了你！王瑙浩骂。他用手指抹一滴未干的蜡泪弹在蛤蟆脊背上，蛤蟆气得鼓肚子。王瑙浩从炕席底下抽出一根针，鼓！再鼓给你放气！

别别！扎伊诺阻拦，蛤蟆肚子里可能有毒气。

蛤蟆“噌”地跳到王瑙浩头顶上——他卷曲的头发像破毡子——呱呱叫起来。老鼠从纸箱里爬出，肩上拖着洋铁皮车，窜到外屋。一只狗进屋，嘴叼着洋铁皮车，老鼠被拖回来。鸟在笼子里大叫：嘻哩哩哩哩哩哩……王瑙浩掏鼻烟壶，往手心洒一点抹自己额头上，蛤蟆跑了。

我奶奶查米丽亚，他说，在哈尔滨交了许多朋友。她的朋友有朝鲜人、白俄人、土耳其人、蒙古人，后来生下了我爸。我倒想把这些人的精子提炼一下，合成一个综合精子变成我爸，但是做不到。她后来开了一个药材店，卖虎骨、鹿鞭。

说说你爷爷吧，德力格尔玛说。

我爷爷是卡尔梅克蒙古人，我奶奶生下我爸爸之后，跟他结了婚。他跟安重根是很好的朋友，是个厨师，会做俄国大餐。有一次，他的老板宴请日本人，我爷爷在后厨往红菜汤里撒尿，被日本密探抓到关进监狱。他在监狱里很无聊，跟日本看守下棋。他的国际象棋非常厉害，得过苏联的冠军。日本看守认为他是神人，掩护他逃跑了，还送给他钱……后来就不知道了。

你们想不想看格萨尔王的皮靴？王瑙浩问。

好啊，我们说。

我现在就带你们去看，格萨尔王的皮靴漂亮。

◎ 其其格和她的草原

◎ 特日之乡

◎ 蒙古包

◎ 金莲川

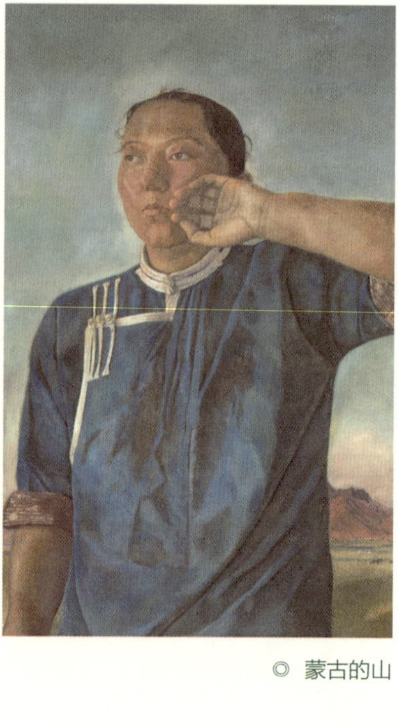

◎ 蒙古的山

◎ 敖包山

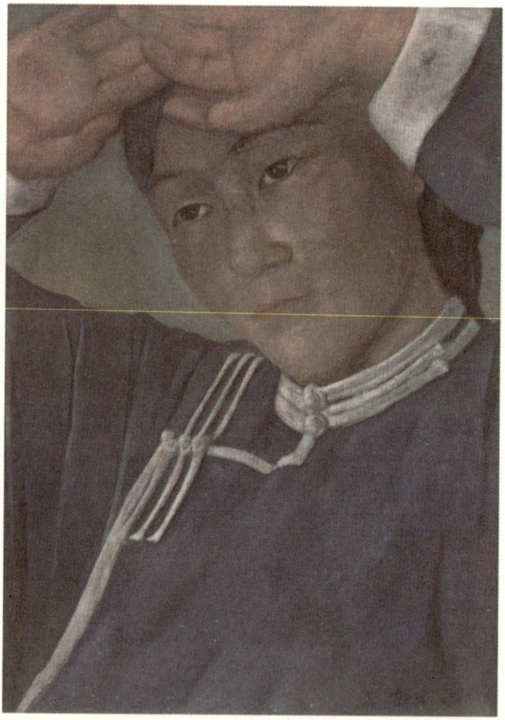

◎ 光

第十八章

格萨尔王的皮靴是一座山，离王瑙浩的家还很远。

扎伊诺还骑那匹雪青马即大不流士，鞍子上铺唐老鸭的小毯子。我和王瑙浩共骑一匹肥硕的枣骝马，我自己不敢骑马。我虽然时常赞美马，但我害怕马。我害怕的还有狗。

骑马的好处是使你像一个来自远方的人。一个人怎样才能像从远方来的呢？骑马。他骑在马上，身后的背影是蓝天白云或灰色低垂的云团。骑马的人双手攥着缰绳，他沉默（没办法不沉默），他朴实（人的衣服跟马的皮毛比起来显出朴实，唯有穿锦缎衣服和马相衬），他深远（跟马脸比起来，人脸方正，目中有物），他像一个兄弟，马上的人都像兄弟，虽然不知是谁的兄弟。一个骑马的人让别人感到了大地的辽阔，正像开车使人变得猥琐。

在草地上看到公路上来了一个骑马的人，觉得他高大。在公路上看草地上的骑马者，觉得他神秘，是情节里的人。

扎伊诺在前面走，马尾巴轻曼摇甩，像打拍子。我拉着王瑙浩的裤带，我们俩都骣骑，没备鞍子。他还在断断续续讲他的家族史，他说他妈妈姓孟。

你知道孟青山吗？

知道，嘎达梅林的汉名。

对，王瑙浩说，嘎达梅林姓孟，官职是梅林，这是满洲话，武官，旗里的骑兵队长，嘎达是汉话，老疙瘩。嘎达梅林是别人给他起的外号。我妈妈是孟青山的侄孙女。嘎达梅林怎么能从张作霖的监狱里逃出来呢？我一直不明白这件事。说是他老婆帮他逃出来的，他老婆叫牡丹。

我也不明白。

我小的时候上通辽，到电影院看电影，特别激烈的电影，什么名字忘了。鬼和侠互相杀人，我看了之后吓得想撒尿。那时候不知道电影院里有厕所，就走到了台上，因为台上有电影的亮光。我到了台上，找撒尿的地方不好找，绕到大幕的后边，刚要撒尿，被绊倒了。电影的声音特别大，刀的声音，“嗖、唰、嗖嗖、咔嚓”。可是绊倒的时候我已经开始撒尿了，我摔到了人身上，差一点吓死。地上有两个人卧倒，白光光的，我摔到了他们身上。我以为他们是从电影上下来的人，但不知是活人还是死人，我马上就要哭了。地下的人跳起来，说“妈呀！”噔噔跑下台。这人是个女的，她从银幕边上的台阶跑下去，没穿鞋也没穿衣服，我爬起来也跟她跑下去。那个女人特别胖。你看过光腚的胖女人跑吗？我看过。她的腿像白马裤一样，像汉族人挂在肉铺的白条猪一样跑。她双手捂脸，她为什么捂脸？要是我，应该捂下边。她从台上一跑下来，有个老汉坐在第一排，喊：救命啊！后面几排的人都吓得喊叫：妈呀，鬼来了！接着，全场人都站起来往外跑，还有人说地震了。那个白条猪女的用手捂脸，其实看得清道儿，她老是尖叫“妈呀”，好多小孩吓哭了。人们互相踩，有人摔倒了。我抱住一个大人的腰往外跑，他用胳膊肘捣我，我不松手。后来跑出了电影院，找到了我舅舅。

我舅舅吓得头发耸立，他问怎么了，有人杀人吗？旁边有人说，鬼活了，从银幕上下来了！这些人围着电影院，想进去看怎么回事儿，谁也不敢。后来，警察来了，警察也不敢进，让警犬先进。救护车抬走了好几个人，可能踩死三个人，踩伤十几个人。你听说过这件事吗？

没听说过。

我听说放电影的人吓疯了，他说是真鬼下来了，再也不敢放电影了。那个电影院改成了二人转剧场。有人说，不是所有电影院都可以放鬼电影，风水不好就招鬼。可我知道是怎么回事儿，我是一点一点回忆过来的——有两个人在台上搞破鞋。他们怎么能在台上搞破鞋呢？我不敢。在仓库里和树林里，我也许敢。我摔倒后抱住了他们俩的头，他们俩身上都是汗，那个男的吓死了。他们说，救护车的人从台上抬下来一个没穿衣服的男人，就是他。台上有两个不穿衣服的男人吗？没有。这个世界上有许许多多的怪事。

我勒着王瑙浩的皮带，当他是一匹马。我已经出来好多天了，沈阳的天气不知是什么样。我家边上那条小街叫漓江街，书房的窗外有一棵柳树，柳枝在春天冒芽的时候好像招了一片绿色的虱子。这些虱子白天不动，夜里偷着长，长成叶子，挡住对门服装厂的标语——品质决定成功。春天的时候，我用眼盯着一百米外总后勤部干休所外的一棵榆树，看它到底怎么绿。那棵树被我盯得不敢绿了，或者说绿了一半停下来。我想知道从浅绿到深绿可以分成多少种色阶，因为绿色不是原色，它是黄和蓝的交汇，就像两个分子组成一个新分子。其实，黄也不一定是原色。当然，这样说有违科学原理。榆树等我分心的时候绿一下，在月亮地绿，最后变成绿树，跟去年夏天一样。

我家这块地方，鸽子比过去少了，猫多了。我恍惚觉得这些灰的白的黑的鸽子变成了野猫，它们拖着尾巴偷偷看人，怕人认出来它们就是在屋顶咕咕叫的鸽子。雨天，野猫在汽车底下避雨，只占很小一块地方。它们羞涩地站在院子里的月季花旁，为什么猫见了月季花会羞涩？李时珍说月季花会让母猫提前闭经。闭了经，母猫干什么去？这些猫都是假装羞涩。夜晚，它们在楼顶散步，嗅每一样东西。它们对着月亮洗脸，把尿撒到水泥地上，徒劳地挠地，想盖尿。猫的能力，至少它的健康指数比人类高十倍。我觉得它的能量来自月亮。有一本书介绍道士对着月亮练功的方法，可惜没记住。所有生命现象都是能量的转变，总而言之，把他人他物炭化，推迟自己被炭化的过程。钱，其实是炭化的标志物。它从炭化走来，又向炭化走去。掌握钱的人掌握的是炭化的节奏。

街上雨歇的时候，一团团水洼映着路灯，使这里看上去挺文明。早晨，这条街充满了叫卖声：五毛啦，五毛、五毛啦！一声比一声高，突兀地插入一句“菠菜啊”。我不知何物五毛，但认得菠菜，还有偏口鱼、大黄鱼。大黄鱼被人从水里捞出来卖其尸体，其尸还要经过十几道工序暴虐，被开膛、去鳞、入锅、加姜蒜，被盛到盘子里，被筷子夹住，被吃嚼而拉到大粪坑里。这条鱼比人的命运不知糟糕多少倍。

院子里不光鸽子少了，蚂蚁也少了。我过去从来没怀疑过蚂蚁会消失，既然人们踩都踩不死它们，它们一定会顽强地活着。然而蚂蚁少了，是不是水泥地太多了呢？或者酸雨和废电池害死了它们？蚂蚁不会哭不会笑，光会爬。如果再见到蚂蚁，应该仔细看看，没准以后看不到了。

看，王瑙浩说，那就是格萨尔王的皮靴山。平坦的草原上，兀自鼓出一座石山，形状如美国产白老虎牌登山靴，靴头鼓个包。山这个东西是这样，你看到它在那儿，其实远得很。走啊走啊，它老是影影绰绰。远处一排拖拉机。

王瑙浩说，这片地是最好的草场，方圆几十公里都被他们占了。草原被拖拉机一压，全完了。再过五百年也不长草了。

这一片草原都露出土了，黄褐色，拖拉机开来开去起尘土，已经沙化了。路这边的草原碧绿，慢慢地，绿的这片草原也会完蛋，沙子会像水一样淹没这片绿草。

那边的拖拉机突突往前开，像一个盲目的土鳖。后面那架拖拉机追上来，前面那架拖拉机转弯躲闪。

后面拖拉机是公的，王瑙浩说。

公拖拉机转弯追母拖拉机，母拖拉机加速。

没配上，王瑙浩遗憾地说。

拖拉机如果能配上拖拉机，这儿就发财了，每年卖小拖拉机就不知道能赚多少钱。我的一个朋友，靠配狗赚钱。他是犬队队长，队员是十多条纯种德国犬。队员的前列腺和睾酮运动一次，他得三千元钱。狗的睾丸之化学反应胜过开一家小饭店，低碳、无污染，公狗乐，母狗乐，狗主也乐。他每日每夜逼队员手淫，给它播放狗三级片。他把采集的狗精液兑上水，兑点奶粉冻成颗粒，一粒卖一千元。那天，他在食堂门口见了我，企图跟我握手。我没握，我怎么能跟双手沾满德国狗崽子的人握手呢？

我说，德国牧羊犬之父啊！

他说，哎呀！

我说，沈阳所有黑贝都跟你有关系吧？

他假装没听懂，说，哎呀！

我说，你的犬天天有性生活吧？

他说闲着也是闲着。

我说你长相一半像希特勒，一半像牧羊犬。

他反击，说，人的长相比狗差远了，狗多漂亮、多纯洁、多忠厚，人他妈是什么东西？

这倒是实话，他不止一次表述过对人的厌恶。他离婚了，这样他可以少见到一个人。他说，我最不愿意上街、开会、看电视，我一看见人就恶心。

我认识一个擦皮鞋的，她的习惯是只看别人的鞋。如果你不穿皮鞋，她蔑视你。你皮鞋有灰而不擦，她更蔑视你。

在大街上，你要是看见一个母狗没配，你心里是不是特难受？我问犬队长。

他恼了，脸色又由恼变喜，说，操，你真幽默。又对我耳语，真是那样。我特想让我的犬把全沈阳的母犬配一遍，下小崽，再配再下，再下再配。

钱够花就行了，别那么狠。

不，他说，我的理想是地球上犬的数量超过人类。

你当总统，兼犬类总强奸犯。

他扬长而去，我和你们人类说不到一块儿。

王瑙浩说，我给你讲一个格萨尔王的故事。有一个驴魔王，又有钱又有势，到处强奸妇女。但人们没办法，打不过他。有一天，驴魔王贴出告示，说谁能让他的老二长一寸，就给谁一两黄金。原来，驴魔王在宴会上见到了犀牛魔王，他们两个比老二，结果驴魔王败了，自卑得很，就贴出这个告示。格萨尔王听到这个消息以后，假装成药师到了驴魔王的宫里，说这还不好办吗？给他吃了一种药丸，藏药，叫杂归麻古切客。驴魔王吃了这个药，老二膨胀起来。格萨尔王告诉驴魔王，开始拽了，你不要怕疼。他把驴魔王绑到柱子上，把他的老二绑到犁杖上，让两头耕牛拉。拉到十米长的时候，抹上胶，让耗子在上面跑。耗子被胶粘住了，跑不动。格萨尔王用火把烤耗子，耗子又蹬又咬，把驴魔王折腾坏了。最后，驴魔王的老二被拽到二十几米长，格萨尔王量过之后，让驴魔王拿出了一牛车的黄金，分给了人民。可是，驴魔王每天的行动很困难，用现在的话说是半身不遂了。他白天起来，要把老二缠在腰上，一圈一圈缠，他的腰比水缸还要粗，外边罩一个牛皮袍子，用腰带扎好。撒尿的时候让手下人把老二解开，像铺管子那样铺在地下，还不能被脚踩到。有时候根本来不及铺设，他的尿不知什么时候就会从脖子、胳肢窝里冒出来。最苦恼的是，驴魔王睡觉要睡在一个很大的帐篷里，能够摆开这些东西，像肠子一样，弯里弯曲的，大部分时候就得站着睡觉。这时候，格萨尔王派来很多美女给驴魔王跳舞，让他的流氓情绪壮大一些。驴魔王看到这些美女跳舞，她们一边跳一边脱衣服，驴魔王浑身发胀，他已经来不及解开带子和牛皮袍子，被老二像蟒蛇缠在身上，脸通红，喘不上气了，说“不好了”，就憋死了。嘻嘻，自己把自己憋死了，你听说过吗？好多人都是自己把自己憋死了，他妈的！

我们来到了格萨尔王的皮靴山下，这座山雄伟巨大，山体有光滑的陡壁，也有林木青草。把马拴好，我们开始上这座山。前人凿出浅圆的石坑，我们拽着石缝长出的树，抠着石缝爬到了山顶。从下面爬到上面，花了四十多分钟。

第十九章

山上的风景真好啊！你只有登上高山之后，才看出大地的广阔和丰腴。我们走在大地上，其实看不到大地的模样。草原，是比庄稼更美丽的大地的衣裳。你看得出大地作为草原所表现的快乐吗？它们没有生长庄稼的负累，没有沙化之后尸化的沉寂。大地在草原上的笑容是一片片花，谁也不知道草原上为什么有东一片西一片的鲜花开放？不知道红色的石柱子花、蓝色的桔梗花、黄色的金针花为什么这样分布？风的指尖一遍遍抚摸这些花瓣，用大一点的气力都不行，只有用风的手的柔情爱意，花朵才会颔首含笑。

这个山有五六十米高吧，我们是踩着靴子头，从系鞋带那个位置爬上来的，那条道像梯子一样斜通峰顶。山顶是一大块平坦的石头，凹兜。我们像蚂蚁一样在凹兜的石锅底上行走，看四外景色。

王瑙浩说，我讲一个格萨尔王的故事。他东征古兰部落，路过一座仙山。山上全都是桃树，石头房子的房檐是桃花的花枝，一年四季开放。风吹过来，桃花瓣在格萨尔王的马蹄上打旋。王说，这里有一劫，下马。下了马，格萨尔王见到一个美女手捧玉如意走过来，施礼，说大王辛苦了。格萨尔王定睛看，这个女人发髻比海螺还好看，鸭蛋脸，眼睛里像有星星闪亮，鼻子直得像竹笋一样。她穿一件粉色的薄纱衣，肩上撒着桃花和大麦粒。格萨尔王说，仙人，这里是什么地方？你是什么神圣？

美女说，我叫金桃公主，是东海大帝的女儿，下凡在这里栽一片桃树等待我丈夫。

你丈夫是谁？

似到非到，未来方来。

格萨尔王说，金桃仙女，我是过路的武夫，去征古兰部落，请赏赐一条道路通过。

金桃公主说，你先回答我的问题，男人为什么爱上女人？

格萨尔王说，因为无知。

金桃公主说，他们对什么无知？

格萨尔王说，他们不知道女人是世上最大的掠夺者。女人除了创造人类之外，还创造了数不完的悲剧。女人贪财，女人无情，女人永远喜新忘旧。

金桃公主说，男人为什么看不到女人这些缺陷呢？

格萨尔王说，男人有通天彻地的聪明，一共有八十八种智慧，老天让他带上一个痴情的笼头，就抵销了他的智慧，笼头就是喜欢女色。

金桃说，你不喜欢女色吗？

不，格萨尔王说，在我眼里，女人是离人最近的魔鬼。我能看透女人的心肠，肠子里都是坏主意。女人就像变成蝴蝶的蛆虫，我不喜欢。

金桃公主一挥玉如意，把格萨尔王变成了一只丑陋的树桩，问，只有我能救你，你愿意做我的丈夫吗？

不，格萨尔王说。

金桃公主又把他变成了石头的拴马桩，变成了甲虫，变成了马鬃，变成了羊的肩胛骨，变成了风。金桃公主忘了，桃树是最怕风的。格萨尔王的风刮断了所有的桃树，把金桃公主的肋骨都刮断了，她只好把格萨尔王变回人，条件是让格萨尔王栽一百棵桃树，恢复她的肋骨。

格萨尔王栽到九十九棵桃树的时候，看到金桃公主恢复了元气，他故意没栽最后一棵桃树，每天喝酒。金桃公主说，还有一棵桃树没有栽，你为什么还喝酒啊？

格萨尔王说，我怕你恢复元气之后再把我打入地狱。金桃公主说，我发誓，如果那样做就永远被你的皮靴踩在地下。

格萨尔王把她这个誓言收进了宝瓶，栽上了最后一棵桃树。刚栽上，金桃公主口吐一道红焰，要把格萨尔王烧死。大王掏出宝瓶，放出金桃的誓言，一抬脚，把公主踩在了脚下。可是他不能离开这里了，他的靴子一抬，金桃公主就复活了。所以，格萨尔王把一只靴子脱在了这里，变成了山峰。山峰下面是金桃公主。你看，山上这些小树都是山桃树，长手指肚大的青桃。用青桃熬水治冻疮，桃核可以做玛尼串。

咣——！这是我听到的最大的爆炸声，内脏随之震动。我们三个人不由自主地趴到了地上。咣、咣、咣！我不知道这是一声还是无数声，耳朵已经聋了。我们眼前腾起大片烟尘，石头块从头上嗖嗖飞过去。过了——我也不知多久——一会儿或半天，声音停止了。我抬起头，看王瑙浩和扎伊诺头发上全是灰，扎伊诺拼命咧嘴说话，但听不到他的声音。过了大约十分钟，我耳朵才恢复听力。我听王瑙浩说，我说了什么？一定是金桃公主报复，他脸上挂着泪痕。

扎伊诺问我，为什么？

我看看天空大地，我哪知道为什么？我说从来没遇到这种情况，这不是地震，天上也没有飞机。为什么呢？

扎伊诺说，你是个傻瓜，这是炮弹。

炮弹？太搞笑了！我说你太抬高自己了，谁向我们开炮，在这个偏僻的牧区？我也不知什么地方，可能是金桃公主作法。

王瑙浩用力点头，眼泪又流下来。他对扎伊诺说，就是因为你，我要回家了。他跑到下山的地方，一拍大腿说，完了！

我们去看，大炮太神了，把下山路上的那一片有样子的岩石炸掉了。完了，我们要永远、永远待在山上了，余下的岁月，就是写遗嘱。我一摸口袋，没有纸笔，一瞬间想到的事是——保存手机电池，保存体力，打110，用短信写遗嘱，防止他们俩因为饥饿把我吃掉，喝自己的尿，少说话——我往下看，山太陡峭了，根本下不去。

第二十章

我想起了一件事。

我会无由地想起一件事，没人让我想，是脑子自主浮现这件事的画面，像没有放映员的电影放映机沙沙地放起一场电影，观众只有我一个人。

人常说触景生情，树犹如此，对我不管用。我很少因为什么参照物而想到往事。十年前，我走过许多景点，黄山、九寨沟、张家界，有的景点我记不起来名字，也许还有茅山，什么印象都没留下，比看一场电影留下的印象还浅。我甚至问过别人，九寨沟在哪个省？好像我在炮制一个根本不可笑的笑话。拿着我在九寨沟的照片问我自己：这是真的吗？不会是电脑合成的吧？

一次，我坐火车去忘了名字的一个鬼地方。由于我国火车座席按旅客面对面的理念设计，旅客只好无端地促膝谈心——一般与不相干的人面面相觑。我对面是个穿白亚麻褂子的中年人，他的褂子上惹眼地印了好多汉字，草书的武、陵、寿，也有魏书，寿字占一半。

中年人不为自己身上这件褂子而惭愧，反而研究我的脸。我从他目光看，他探究了我的一额一鼻、双颊双耳。有顷，他竟然像猫那样歪着头看我。看吧，这不怪他，火车票款里可能包含了相互观赏的份额。

他开口，你多大岁数？

我如实告之。

他惊讶，不像，你比你岁数至少年轻十岁。

我说白活了。

我的答复令他不安，他反复解释看上去年轻并不等于白活。

我说，一个人年已五十，却像四十五岁。那五年哪去了？活丢了？这不是白活吗？

他说不是，他说什么我已经忘了。总之他解释年轻跟白活是两码事。我几次打断他，说他这件寿衣好看也没打住他的话头。

从记忆的意义说，我确实白活了，没记住名山大川。旅行社组织游客理应先考察他们的记忆力，拿几张画片让他们辨认，包括念一段绕口令让他们复述。许多人忘记了旅行的经历，我只是其中的一个。而那些拼命记忆景色细节的人，比如记得第一天所乘面包车的座位号，记得导游发的矿泉水牌子的人，也白活，他们一定记不得生活中更有趣的东西。

另一些时候，有些往事不约而至，突然闯入脑海，逼真如昨。不知道脑子怎么会记得这么清晰。我记起有个被晒成灰白色的红塑料报箱的扁投递口长出一棵青草。报箱是废弃的，约要刮五个春天的风，里边才够长出草来。草开放着高粱米大的并蒂小白花，白花好像在说：报箱这回有用了。这是在北京的干面胡同，报箱下边的门墩被磨得光滑深黑。夏季一点点闷热的风，让报箱草的两朵花晃动，像一手拎一只灯笼。

这回我想起另外一件事。

有一年夏天，我去舍宾。舍宾地处长白山余脉，植被丰富，有山有水。山的名字叫流苏，是满洲语或锡伯语，意谓“野猪后丘靠近尾巴的肉”。少数民族语言挺神，信息量太大了。“流”是“野猪后丘”，“苏”是“靠近尾巴的肉”，以一当十。当然这是汉语的解字法。我在舍宾的一个肉铺问：有流苏吗？老板拿手背蹭蹭鼻子，说没有。你知道什么是流苏吗？他说不知道。不知道就说没有，真是。他说我就是不知道。舍宾的河叫茶水（一说查水）。这个名也挺别致。

我去舍宾是为了学习知识，兜里只带了一本书，不是《人类哲学手册》，而是上海辞书出版社的《绘图儿童植物辞典》。我一直为缺乏基本的植物学知识而感到自卑。虽然我认识菠菜、葱和杨树，也认识鸡冠花，但还是没办法了解大自然。作为一个人，我不想在缺少植物学知识的状态下混生活，以致如奥斯特洛夫斯基宣称的那样，白白度过一生，却不知草木之名。这本儿童辞典介绍了藻类、菌类、地衣、苔藓、蕨类、双子叶、单子叶植物七大类三百零九种植物，其中我认识的只有苹果、杏、黄瓜、蒜、西瓜、柿子等十多种，剩下的都糊涂，譬如九死还魂草、漆树、金鱼藻、沿阶草、马褂木，认识吗？不认识。这本书有彩图，可以手捧着书在田野里辨识花花草草。我认为这是一个好主意，况且，这本书由大生物学家谈家桢主编，弗得了。

我对房屋中介的人说，帮我找一间可以看见流苏山和茶水的房子。中介说太好办了，茶水刚好从流苏山脚下流过，就像特意为你流的。那儿是师范小区，空房多了。

我租的这间房子是三楼，东窗可以看到绿意葱茏但并不高的流苏山，茶水驮着山的倒影日夜流过。

第一天我认识了几种植物。那种名字最离奇、最具武侠精神的草（蕨类）被我在茶水河边的秃石上找到了——九死还魂草。它的叶子像芝麻一样小，也像柏树的鳞片，黑褐色。河边的羊倌告诉我，干旱的年代，它的小枝蜷缩成枯黄色，跟死去了一样。遇到雨水，它立刻变绿，叶子也打开了。

就是这么个“九死还魂草”，我以为它能救人呢。我已经采集来六棵草，在窗台上晾晒；又把它分成九份，给朋友四份，我自己留五份，借此抵挡五次譬如说山崩地裂的事变。它的学术名字叫卷柏，这个名字好，比较朴实。九死还魂草，这个名字叫得太大，太不着边际。卷柏不过就是卷柏，它还是很厉害，把水分和光合作用之间的关系搞到了极致。向卷柏学习！

我见到了芝麻，一米多高，身上有茸毛，身上七八个胳肢窝结满芝麻。放羊人说，把芝麻籽放在太阳底下曝晒，小芝麻会像宇航员跃出太空舱那样蹦出来。一棵大树开紫花，但没有丁香的香味。翻书后知道，此乃苦楝树，木材可制乐器，果实可酿酒，树皮能驱人体的蛔虫。我小时候，或者说当赤峰第七小学学生的小时候在肚子里养了不少蛔虫。六一儿童节，不知哪来的人在操场上为我们发塔糖。吃了塔糖，我们全进厕所蹲下拉蛔虫。现在没听说谁有蛔虫，影星也没拿蛔虫炒作自己。就是说，我们吃的水果蔬菜上的残留农药已经让寄生虫无存身之地了。人连虱子也不招了，苍蝇变得软弱，飞不了太远就要蹲下歇会儿。印度班加罗尔大学——经过五年的跟踪调查发现，世界上蜜蜂数量少了。蜜蜂们何故少了？班加罗尔大学的科研人员讲，是由于手机的广泛使用，干扰了蜜蜂头部导航仪的磁场，它们在懵懂之余，黯然死去。此说如成立，移动和联通每年应拿出其利润的百分之二十赔偿蜂农，也使我们这些非蜂农在有生之年继续见到蜜蜂——这种极为美妙的小生物。

到舍宾前，朋友向我介绍了一位朋友，舍宾当地人，女子，名刘垂。刘垂在电话里热情承诺向我介绍舍宾风情，我说我想得到有关植物学的指导，她说没问题。刘垂在当地农科站工作，是沈阳农业大学的硕士生，传说她长得很漂亮。

到舍宾的第二天晚上，我在房间里接到了刘垂的电话。那些年还没流行手机，电话打到我房间的固定电话上。

玩得怎么样？她在电话中问我。

很好，茶水边上有一片芝麻地……

她打断我，我昨天就给你打过电话，你不在，你太太或你女友接的。她没告诉你吗？

没有啊？

她没说刘垂来过电话？

我想了一会儿，我没带太太女友来呀？我一个人来的，我没有女友。

别解释了，你没女友我也不给你当女友。你真的不知道我给你打过电话？

不知道啊？房间就我一个人啊，你可能拨错了号码。

刘垂与我核对座机号码，没错，就这个号。

她说她明天再打过来。

第二天晚上六点，我在房间里整理乌拉草的标本，这是在水洼里薅来的，三棱形的秆细而坚硬，顶上有几朵寡白的花。

电话——你好，我是刘垂。

你好，刘老师。

我下午四点打过这个电话。

我上山了。

一位女士接的，她说你不在房间，还说不知你干什么去了。

女士？怎么会有女士在我房间？座机上方有一幅年画，一位绫罗绸缎的古代美女挎一筐仙桃含笑而立，她下来接的电话？

我回答，我房间没人，只有我自己。

你又来了，她说，难道我说谎不成？说谎对我有什么好处吗？

我听出她口气不满，说，我相信你说的都是真的。可是，这是谁呢？

她哈哈笑了，是谁你还不知道啊？

我说我真没见过这个人，我情愿跟她见一面，我……

她说，这样吧，我昨天和今天都是四点钟打的电话，你明天四点哪儿也别去，在屋里等我电话。

就这么办了，我一定得认识认识这个天外来客。在电话中，我还问了刘垂一句：这个女的长什么样？事实证明这话问得很愚蠢。刘垂说，我还想问你呢。

撂下电话，我想这个事和这个人。

一、这个事存在吗？我认为不存在，就像永动机和尼斯水怪不存在一样。如果相信这个事的存在，以后就可以随便相信什么事的存在了，譬如相信希特勒还活着，他正在大兴安岭的国有林场养老院里打麻将；还可以相信男人的阑尾可以分泌麝香。我觉得刘垂给我打的电话是邮电线路出了一点小毛病——串线了，我也有理由相信刘垂拨错了号码，人常常会连续拨错一个电话号码。

二、我不信一个人会在每天下午四点钟到我这间临时租的房子里替我接电话。如果有这种可能，我宁愿相信以后有许多植物，譬如纺锤树、罗汉果、肉苁蓉和捕蝇草都会到我房间接电话。

我想了想，给刘垂打了个电话，约她见面。她说不必了，明天等我电话。

第二天下午四点钟，座机像高压锅冒气一样鸣响，我接电话——

刘垂说，怎么会是你？

我说我也希望是别人，可惜没人。

那边沉默了一会儿。刘垂说，这其实是你的私事，你跟什么人在一起跟我都没关系。“没关系”这三个字很重，听起来像“没男女关系”。

我说我想知道是怎么回事。

她说，你权且当我没说过这件事，然后安心研究芝麻。芝麻的茎下半截是圆的，长到上面就变成了方的，祝你开心。我还有一句话不知当不当说……

你说。

我个人认为，刘垂说，人还是诚实一点比较好，女人比较在意男人是否诚实。

我刚才还在想芝麻为何由圆形长成方形，再听她口风，我成了不诚实的人。在她的想象中，我领六个女的蜷居于这间斗室，她们接了电话，我却不敢承认。我跟刘垂解释不清楚，我也不想再解释并希望忘记世上有一个叫刘垂的人。她爸为什么给她起名叫“垂”？她爸有胃下垂症？她妈生她的时候她爸到市场买了一盆垂盆草？我没见过垂盆草，谈家桢这本儿童书说，垂盆草是肉鼓鼓的小草，每一轮叶子是三片，不怕干旱还可以治疗肝炎。

算了，刘垂草木皆兵。见到她，一定承认我正与作风不好的女人姘居，以后不允许她接电话，我和这个女人以后都要做诚实的人，至少敢承认接过电话。

可是，这个女人在哪儿呢？会不会真在我房间里？柜子里挂着空衣架，抽屉里有一张纸，上面印着：“菜籽油，早喝早健康。”我如果喝一瓶菜籽油，能不能找到那个女的？上面没写。写字台的抽屉是漏的，所以里面也没有这个女人。外屋有一个简易煤气灶、一个液化气钢瓶和一台玉兰牌排油烟机。我往排油烟机的管子里瞧了瞧，没人。拿铲子敲了敲钢瓶，也没人。碗橱里扣一个红塑料盆，厕所的墙上挂一把笤帚。我搬凳子往马桶水箱里看，水里浮着一个塑料球。我觉得水箱里应该有一封塑料布包的信，用砖头压着，信中说明这一切并捎带说明世上其他难解的谜团，可惜没有这封信。那么，这个接电话的女人是我采来放在窗台的瓜叶菊变的吗？这一束瓜叶菊的花朵有白也有蓝，还有异色镶边，很奇怪。我拿这束花扑打电话机，问：瓜叶菊，你会接电话吗？用女声。

我巴不得屋里有个女的，可惜没有。

我在茶水河畔见到一棵野菊，银灰色，它的茸毛贴在茎上，叶子裂出细片。我手边没带《绘图儿童植物辞典》，不知这是什么草。还有一种植物，有长柄的叶子。揉它的叶子，散出一股浓烈的腥味。这是鱼腥草，沲一下可以吃。我每天辨识一到两种植物，来这里四天了，记得的只有最后认识的——鱼腥草，原来的都忘了，没忘的是南瓜、葱、豆角。

下午四点，我回到住处——师范小区二号楼四单元301室。进屋，我急忙退了出来。我可能进错屋了，一个女人坐在沙发前接电话。我退回门口，又下楼到单元门口，确认自己确实没走错门，开锁进屋。

屋里——如我所料，人没了。

我想到了一个词，叫“匪夷所思”，简直是土匪蛮夷所思。我要从头捋，首先确认这个世界是唯物主义的世界，虽然唯物主义这个词乖巧并乖张，但基本表达了世界与事物的实在性。我不认同世界的武侠性、悬疑性、惊悚性、阿加莎·克里斯蒂性、不着边际性、胡说八道性。那么，那个女的上哪去了？她来过我的屋吗？她跟接刘垂电话的是不是一个人？

我开门进屋，走三步，站在那儿朝沙发看，沙发边的茶几有一部电话。当时那女人边打电话边看自己的指甲，但是她没了。我上前握了握电话听筒，看热还是不热，没觉出来，观察听筒的指纹也没瞧出来。肉眼看当然看不出指纹，要用胶纸采集。采集也没用，没法比对。

我走几步，问：女的，你在哪儿？“女的”有点儿不像话，我改称：打电话的小姐，请问你在哪里？

有可能——这种可能很大——我刚才嚼的那种草，让我中毒并产生幻觉。我急忙翻开《绘图儿童植物辞典》，找，找那个银灰色长立毛的草。找到了，它叫“除虫菊”，会使蚊子神经中毒。

我见过蚊子在蚊香的香氛中旋转，徒劳拍翅，没见它咳嗽，也没见它吐。神经中毒？我觉得出现耳鸣声，牙变得沉重并带动上眼皮沉重起来。我需要睡一会儿觉，虽然——我以为除虫菊还不至于杀死一个人——还不到睡觉的时间。

睡了一小会儿，我听到客厅里有说话的声音，女声。我用手堵住耳孔，再松开，声音忽远忽近，这证明不是除虫菊给我造成的幻听。我仔细听：

“我上小学时在校门口栽了一棵桃树。那时候，如果有人问我长大做什么，我就说开拖拉机。六岁，我从禾秆堆里拣出挂着稻谷的穗子，收集成小捆拿回家，再次打谷，喂我养的三只小公鸡。”

嗯？我起身，这是电视的声音吗？客厅里没有电视呀？我慢慢走到门口，见一个女的——就是她——坐在沙发上打电话。她说：

“四年级，我眼睛出了毛病。他们把我的小人书都锁起来。哥哥用自行车带我去邻县看中医，开的药是禾花雀的粪便掺上甘蔗渣。”

是时候了。里尔克的诗曾经这样说过，夏日曾经盛大，把阴影投在日晷上，让秋风吹过田野。我在心里说，是时候了，我跟你来个面对面吧！我整了整衣衫，我记得我脸上带着笑容，向她走过去。

她根本没看我，或者说没想看我，她在电话中说：

“小学离集市近，中间隔一条铺碎煤渣的泥路。路旁有高大的相思树，树上挂着苦瓜藤，结着纺锤形的小果，果实尾端开着淡黄的小花。我从山上可以看到石阶下的教室，有几个男生模仿电影《少林寺》的动作，摆一个白鹤亮翅……”

你好，请问……我问她。

她摆摆手，示意我别说话，接着说：“我每天晚上跑到别人家帮着烧火，听大人讲鬼故事……”

这还不算鬼故事吗？我必须打断她。这是我的房子，这比鬼故事、少林寺都重要。我……这个……

她把手指放在唇上，提高了声调：“过年的时候，我踩缝纫机，一踩到半夜，给全家每人做一件衣服。”

请你停一下，我说。

她用手指沙发，让我坐下。

她说：“我家乡有一种树叫木麻黄，这是从澳大利亚引进的，叶子像针。我们用竹耙子搂落下的树针。我外婆是地主，她常常在我袖子上绣一朵荷花之类。她告诉我吃饭不要说话，坐下两腿要并拢，睡觉只能笔直地躺着……”

我觉得她说得挺有意思，坐下听。

“后来转学，到了黄泛区。这个地方因为黄河改道冲刷，土地非常肥沃，一场雨后，遍地都是蘑菇。在树林里可以捉到蛇，拎它尾巴一抖，蛇全身骨头就散架子了。所以我特盼着见到一条蛇……”

她三十岁出头，不知道跟电话那边的什么人说话，也许口授电视剧大纲呢。这个女人穿一件无袖连衣裙，颜色如暖瓶木塞那种泛白的褐色。她两只脚交叠一起，左脚五个指头动来动去，像给右脚的指头表演。说话时，她低头看自己脚趾的动作，膊肉雪白浑圆。继而用手拂耳后，把贴着肉的头发拨开。

我觉得她的长相和她口述的自传都很好，坐着听她说到天黑也很有意思，比观察植物茸毛的方向更有人情味。“咕——”我的肚子响了，那个女人吃惊地抬头看我。响声从肚脐始，向上窜至乳突，“咕——噜噜噜噜噜”，好像鲸鱼向海平面吐泡。我想了想，这串声音属于E调的大三和弦。“咕——噜噜噜噜噜噜噜”，又来了，比刚才那串多了一小节，即两个噜。女人再抬头，我说我不是故意的，我原来不会这个，“咕——噜……”

我起身上洗手间依法释放这些音符，肚痛，还是除虫菊在搞鬼。我在洗手间盘桓了十分钟方系上裤带。回到客厅，那女人和她的脚趾再次消失。

唯心主义让我给摊上了，这就像摊上了飞碟一样。任何见过飞碟的人都是不幸的，你说你见到了飞碟，别人觉得你脑子进了水，而且不是纯净水。我看看天花板，没再检查抽屉什么的。她是从哪儿走的呢？

我匆匆下楼，跑到小区门口，也没见其芳踪。右面的茶水和流苏山还是老样子，左边是立满电线杆但没架设电线的大马路，空空荡荡。有一位老年妇女牵着比她还老、肚皮蹭地的狗顺墙根走。她化装成了老年妇女？别瞎扯了。

回房间，我接着想这件事，想这件不合逻辑的事对我有什么危险。我想，只要把门锁好，不嚼除虫菊，无论多么离奇都不妨碍我什么事情。我锁好门，干脆把写字台堵到门口，睡觉。

梦里，我跻身于一场战争。是什么战争，梦没说。即使不在梦中，打仗的人未必知道自己参加的是什么战争。我爸过了好多年才知道他参与厮杀的作战行动叫解放战争之辽沈战役，他只知道打过沈阳、四平、杨杖子和小梁山。那时落后，阵地并没立牌子，上写“解放战争→辽沈战役→黑山阻击战→杨杖子战场”，像现在部队演习那样。骑兵部队东奔西突，当然他们的长官知道作战意图，士兵只是厮杀而已，抽空抓个刺猬在火上烤。我（在梦中）参加的战斗比我爸的战事高雅。从我穿的军装看，好像是第一次世界大战之波兰战场，我穿灰哔叽镶红绦的制服，枪管上带一面小蓝旗，旗上有黑熊图案，显然这是枪骑兵。我爸连枪骑兵什么样都没见过，他是四野骑兵二师的土豹子，而我已经当上了枪骑兵。我参加的战斗也比我爸的战争高一辈——第一次世界大战，他是“二战”。做梦有做梦的好处，省钱省事。我双手开（或叫驾驶）一架双管重机枪，黄铜的枪身在阳光下耀眼，枪口喇叭形的。这架重机枪好像由萨克斯管改装，民转军，枪身的按键还没来得及拆除。我说过，这是一台双管铜机枪，由两把萨克斯管焊到一起，管长。一排黄铜子弹从右边顺进来，按1号键，单发；按2号键，连发；我把十根手指全按在键子上，子弹像泻肚一样撒满波兰的土地上，放射着蓝光和粉光。既然子弹不是我的，我为什么不狂射呢？山下并没有敌人。原来说斐迪南大公的一个近卫旅在山下当我们的敌人，全没了。子弹打在桑树上，树下变成紫色的海洋，桑葚汁浸透了长满沿阶草的土地。

我当时想，萨克斯管的键和孔是按西洋音乐十二平均律设定的，它怎么能变成击发器呢？这时候，一位戴熊皮帽子留两撇黑尖胡子的士兵从下面爬上来，往我喇叭形的枪口里扔进一枚手雷……

“醒醒！”我正等着被炸死，有人拽我的被单，一个女的站在我床边。因为战事倥偬，我已经把白天那个女的忘了。你是谁？

她压低声音：别说话，起来。

我起床摸了一下她胳膊，她说别这样。我只想看她是不是活人，胳膊有没有软组织和骨骼。如果她胳膊是木制或硅胶制品，我就不客气了。

我起床转了两圈，没找到衣裤。她手指，在那里。好像是她的。

我穿戴好，问她干什么？

她说下楼。

干什么？

下楼说。

为什么跟你下楼？

她转过脸看着我。她的眼睛很深沉，领口露出韭菜叶宽的透明乳罩带。你不愿意帮助一个有困难的女人吗？

我愿意。

那就下楼吧。

我搬开写字台，开锁（锁上被我绑了两圈铁丝）。你是怎么进来的？我问。

这不算什么问题。

下楼。我问你要去哪里？我声明我不能跟你去杀人、捉奸或绑架儿童。

这是另外的问题。

我们出了大院门。风从茶水吹来，带着蛙鸣和潮湿的气息。

我问，你是白天打电话那个人吗？你为什么上我房间打电话？你是干什么的？

你这些问题很幼稚，你不觉得吗？你为什么不问星辰围绕太阳转的理由是什么、河水为什么向东流？

我跟她并排走，星星在天上嘲笑我跟一个不明真相的人行走。

你不怕我是坏人吗？我问。

你不怕跟我走就好，她答。

难道她是黑社会会员？我说我不走了。

她说进这个院就可以了。

院里有没有带尖竹签的陷阱以及空中垂下的大网？我边走边看路边有无砖石，必要时捡过来自卫。

好了，你回吧。她在一栋楼门口停下，谢谢你。

我陪你上楼吧。

不。

我返回。墙角突然窜出一条白狗，我飞奔，狗追于后。由于狗比我多两条腿，越追越近。我猫腰假装捡砖头，狗怏怏站脚，留恋地看我，及远，用鼻子在空气中闻我的味。

回房间，是晚上十一点四十分。我看了屋内的一切——床铺、沙发、窗台九堆九死还魂草，一切如昔。那个女的是从哪儿进来的？我开窗，这是三楼，窗外并没有攀爬的痕迹。这个屋子会像候车室一样随便出入吗？一战的手雷塞进喇叭形重机枪口，炸还是没炸？

终于，我发现立柜与昨日不同，它与墙壁间的缝隙多出一厘米。立柜立于东墙与南墙之间，我以手拨动——立柜缓移，它竟然带轱辘。随之露出一个门洞，没包门口也没安门，遮一个蓝布帘。布帘那边是另一家，此女从此处出入焉。

我明白了，这两套房子是一家，挡个立柜两家住，就这么简单。我慢慢用手挑开帘子，身子离帘很远，我怕一只藏獒冲出来咬到我鼻子。那边漆黑，不见五指。在这团漆黑里面，还藏着多少女的呢？

这类女的吓人，可以吓跑强奸犯。有一个笑话说，某地屡发拦路强奸案件，公安局从外地聘请一位丑而彪悍之烈女，夜半马路巡游，把强奸犯全吓跑了。可见姿与色之间有奥妙。公安局授予这女的“综合治理先进个人”称号，发了三千块钱。

我把写字台和煤气钢瓶堆在立柜边上，用钳子掰掉立柜靠墙一面的轱辘，基本上睡成了觉。

第二天，我去中介退房。我问中介，我住的屋子跟邻居是一套房吧？中介头都没抬，说是，门让立柜挡着呢。

是的，刘垂说对了。生活中所谓奥妙都称不上奥妙，所有的悬疑不过是一层窗户纸，你知道了怎样，不知道又怎样？离开房间的早晨，我的手已经碰到了帘子，想去那边看看。看看又怎样？拉开帘子，地上也许并排躺着六具无名尸体，我将陷入新的疑惑。有些人不断地探索真相、了解事情的谜底。我刚好相反，我愿意直至离开这个世界都保持对它的无知性，了解得越少越有乐趣。那个女人是谁？她为什么进这个屋打电话？她的小学到底是怎么回事？她半夜去了哪里？这些事如那女人所说，都是幼稚的提问，是她的事，和我的人生一点关系都没有。

第二十一章

现在，我在山上，扎伊诺和王瑙浩在我身边。

下山的道路被崩没了，四处都是绝壁，我们——包括山下的兔子、田鼠、蛇和拉拉蛄都下不去了，只有鸟可以自由飞翔。

一个人死在山上是什么样子？人由于缺少饮用水和食物造成各器官衰竭。他们躺在山上，任凭风吹日晒不皱眉也不龇牙，骨骼之间的关节液减少，软骨退化，身材变小了。他们皮下脂肪消耗殆尽，皮肤剩下一层薄膜。马蛇子带领蜣螂进犯他们的尸体，先从内脏开始吃，蛋白质丰富。他们的肌肉作为蛋白质前体已经被消耗掉了。扎伊诺消耗得慢一点，他肌肉多。还有什么？他们的骨骼没什么意思，指甲和头发也没什么可吃的。王瑙浩的眼睛大而湿润，可供屎壳郎吃三天。他们静静地走了，临走前并没有吞噬彼此的身体，保留了人类的一点点尊严。略可欣慰的是，他们结束了在地球上的排碳生活。城市人从睁眼睛开始，吃饭、喝水、穿衣、开电脑都离不开排碳。做爱不排碳，但受到种种（主要是钱）的限制，做前需要排更多的碳，吃、喝、买镯子。

我不怎么悲伤，甚至有一些幸灾乐祸。为什么产生这种心理，我自己完全不能解释。我是一个浑浑噩噩的人，这从外表看不出来。有人不加调查研究就妄评我是个聪明人，真是无知。我以前那个单位的人有百分之五十认为我是傻子，他们奇怪一个傻子怎么能进单位上班呢？他们在我面前以各种表情和语言戏弄我，指着报纸上的一个字问我认得不？我只能默默而笑，强化了他们的结论：傻子。其实我辜负了他们认为我是傻子的那段时光，我何不借傻子这个评判往他们抽屉里塞几只死耗子，或者往他们茶杯里放点泻（春）药？还是没傻透。单位另外百分之四十九的人认为我不傻，有精神病。对头。傻是先天性智力发育障碍，精神病是后天疾病，有一百多种。他们把这两项分得很清楚。有百分之一的人认为我智力、精神和神经正常，是一个比较可怜的人。承他们的好意，但我确实不聪明，做过好多傻事。蜜蜂看上去聪明，其实它很傻。为什么要采蜜？采那玩意儿干啥？采完不也让那个老娘儿们（没指妇女，指蜂后）祸害了吗？

山下的景色真好，不崩掉下山之路，如何静心观察此处的风光呢？凉爽的风从南边吹过来，有的草露出叶子背面的深红色，有的草射出炫目的白光。草把潮湿、带霉味的气息吹到山顶，里面混杂老鼠和蛇身上的气味。大地为它的宽阔和平整而骄傲，现出悠闲的意态。云的阴影从草原爬过，草在风的推动下捕捉这些边缘清晰的阴影。草们仿佛手拉着手，形成分层的涡旋，云影跑没影了。

王瑙浩和扎伊诺研究并争执了各种各样下山的方法后，沉默了，各靠着一棵松树乘凉。扎伊诺伸出双脚，探路者牌登山靴上爬满了黄蚂蚁。

我们这座山——前面说过，它像一个矮腰靴子——炮火把系鞋带那部分有路的山崖搞掉了。我们位于靴口部分——离地面有四五十米高，山顶长着松树、榆树和草。王瑙浩说，他准备用松树枝扎一个翅膀，绑在身上跳下去。他问扎伊诺会不会摔死。

肯定会，像生鸡蛋一样。

如果我把肚子瘪回去，说着他低头看自己瘪回的肚子，体重会不会减轻十斤?

不会。扎伊诺给他讲重力加速度的道理，王瑙浩不懂。

如果抓一只蜜蜂扔下去，会不会摔死?

死不了，它飞了，扎伊诺说。

抓一只蚂蚁扔下去呢?

也死不了，它太轻了。

王瑙浩打算把榆树皮剥下来搓一根绳子，顺下去。扎伊诺告诉他榆树皮搓不了五十米的绳子。

王瑙浩说，我真想把身体卸下来，一块一块扔下去，先扔脚，然后是腿、胳膊，内脏用衣服包好再扔，扔脑袋的时候让我老婆在下面接着。这样，重量轻了，东西就摔不坏了。

扎伊诺说，你扔生殖系统的时候不要被挂在树上，被鸟叼到遥远的地方。

哎呀，卸不下来呀，都怨我妈，不把我生成组合的。王瑙浩拔自己的头，叹息。

把你生成组合的，你妈还省劲，一天生一件，晾上，我说。

扎伊诺坐起来，严肃地说，我们下山的方法只有两个，其他都是妄想。我希望你们俩认真听取我的意见，动用关系帮咱们下山。

第一，让军人、森林警察、海事部门和播撒农药的部门派直升机把咱们接下山，我会支付费用。

第二，请消防救援队、专业登山运动员上山搭一条绳索，咱们顺索下山。

扎伊诺说得很正确，可是我不认识军队、农药、海事、登山的人，我让王瑙浩给他老婆打电话。

王瑙浩说了半天说不明白，把电话给我。他老婆德力格尔玛说，你们让海军开船接你们？你们在哪儿？谁要喝农药？

我说，你快来吧，我们在皮靴山。

过了半个多小时，德力格尔玛来了，一个小红点，变成一匹马上的红衣人。渐大，戴蓝色解放帽，穿红运动衫，骑雪青色大不流士的德力格尔玛出现在山脚下，她黧黑的脸仰望我们，很羡慕。

王瑙浩扯大嗓门连比画带哭地说明我们的处境，我们虽然看上去高大，但和死刑犯一样活不了几天了。德力格尔玛大哭，她试图爬上这座山与我们共存亡，却多次出溜下去，她毕竟不是潘多。她问怎么办？王瑙浩告诉她去找镇政府和解放军，他们看到我们就明白了一切。

德力格尔玛打手机，不一会儿，来了一群牧民，有老人和孩子。他们手搭凉棚看我们，老人手捻玛尼串，好像我们坐在一艘即将沉没的船上。沉没还好了呢，我们可以下来，可惜山不会沉。镇干部也来了，说跟旗里和驻军的领导都报告了，等待通知。他们喊，你们饿不饿？争先恐后往上扔烙饼、苹果和矿泉水，这些东西没到半山腰就落下了。扎伊诺指着说，王瑙浩，你看到没有，这就是牛顿所发现的重力定律，它在格萨尔王皮靴山仍然应验，这就叫普世真理。

王瑙浩说，如果在你肩膀上安个驴头，你就是一头外国驴。

他们不知疲倦地向上扔，有的东西扔到了山缝里面。有一个小伙子从怀里拿出一支弩，箭头插着烧鸡，"嗖"地射过来。扎伊诺说，卧倒。烧鸡裹着利矢从我们头上射过，落到山的那一边。

王瑙浩说，报复，他的马踩了我的西瓜，我骂过他。

暮色庄重地降临。站在山头，看到天边先黑下来，一道蓝灰色的雾堆在地表，它头顶还有金与橙勾结的混合光束。光束后来变为白金甚至灰白色，大地的雾霭化为带有紫色的蓝，河水拼命闪光，好像它要被淹死了。星星从头顶最高的地方露出脸庞。夜空纯净而远，薄了许多，至少比白天薄了七十公里。山下的人影渐渐模糊，看不清他们的脸。从山上看，他们身体比例不对，每个人都像压缩饼干。山上点起了篝火，一共三堆。

他们在喝酒。王瑙浩说。酒味掺着火炭味、夜晚的青草味传了过来。

我多么想喝酒啊，上帝啊！我不是穆斯林，让我喝酒吧！扎伊诺双手捧在面前，像穆斯林一样祈祷。我做尽了坏事，我骗过瞎子的钱，我往聋子耳朵里塞过爆竹，虽然震好了他的耳聋症，但这也是犯罪。伟大的安拉，你是唯一的主宰！我从有钱人的炕毡底下拿走了钱，放上一泡狗屎。我给别人拔牙的时候往他嘴里点了避孕药，以致他生不出孩子。我做尽了坏事，我知道今天是你清算我的日子，我全都领受，但他们两个比我干的坏事还多。主啊，赞美你！把我们仨弄到山顶一起受惩罚，包括大炮走火都是你的智慧，这说明作恶的人即使逃到皮靴山也会受到惩罚。上帝啊，我已经忏悔了我的过失，他们两个还没忏悔。他们总认为真理在他们手里，总爱生气，惩罚他们俩吧，也别放过我。

不对，王瑙浩也用双手捧在面前，说老天爷呀，他说得不对，你不能相信外国人说的话，他可能正在心里用外国话骂你呢。老天爷，我知道此刻你就在头顶这颗星星里听我说话。我脱下皮袄包着两只羊羔走了五十里路，没让它们冻死。我把学校屋顶的瓦都换成了新瓦，孩子们不会被雨浇湿课本了。这些你都看见了。我在乌丹镇买下坏人卖的所有老鼠药，免得猫咪和乌鸦吃了死老鼠接着死掉。我把老鼠药弄到山里浇汽油烧掉了，呛得我三天说不出话来，连骂人话都不会说了。我……

上帝啊，扎伊诺抢过话头，你不要相信他们说的话。上帝，我做的坏事三天三夜也说不完。我在伊斯法罕的公共汽车上把一条蛇装进了女人的皮包，我在女厕所灯泡上画了一幅猥亵图案。上帝惩罚我吧，饶恕他们两个，让他们继续在世上作恶……

谁他妈两个作恶了？我气愤地质问扎伊诺。

你用这种口气问上帝吗？

我问你！

算了，中国人。我看到你们扁平的鼻子和脸就想到了馕。上帝啊，我想吃馕，我需要用馕和酒弥补我的不坚强。

老天爷，王瑙浩说，我比他更想喝酒。我明白过来了，你把我骗到这个山上就是惩罚我喝酒的毛病，我喝酒打过德力格尔玛。成吉思汗说，醉酒的人有腿走不了路，像一个瘸子；有嘴说不清话，像一个哑巴；有耳听不到别人问讯，像一个聋子；有手握不住东西，像一个傻子；有眼看不清道路，像一个瞎子。哎呀，这说的就是我，我喝了酒之后又聋又哑又瞎又傻。如果你救我下山，我以后再也不喝白酒了，最多喝一点啤酒，乌丹产的一块二一瓶的鲜啤，每顿不超过一瓶。我不会骗你，因为你是老天爷。

王瑙浩拽我衣襟，你快说吧！我们俩把老天爷和上帝招来了，你不说会后悔的。

我说什么呢？我也做了许多坏事，不好意思说出来。我说，老天爷、佛祖、上帝、安拉和世上所有神灵，你们好！还说啥？已经说你们好了。你们都看到和听到了，我……祝你们晚安！

我说不出什么，我已经忘了许多事情。而且，我认为一个卑微的人向神灵提出要求是一件不可思议的事，我可能还没得到这个资格。假如我们下不了这个山，最后风化于斯，我对人世当然有许多眷恋，尤其不放心我的家人和朋友，我不愿他们为我悲伤又不愿他们忘记我。我的消失会让许多人感到离奇，解释不清楚。别人说不清格萨尔王皮靴山是怎么回事，以及我们怎样上山而下不了山，炮弹更会让他们感到不真实。还不如说我们仨被外星人俘虏了。天上的星星大了起来，星星还会大吗？是的，星星大而多情，风从它们的脸庞吹过，使它们一晃一晃像眨眼睛。

虫鸣来自遥远的地方，十有八九来自星星上面。山下的篝火熄灭了两堆，余烬如铁块逐渐凉下去。有人唱起了蒙古民歌，极为悲怆，像河水打着涡旋冲撞岸边。王瑙浩手指攥紧了袖子，准备拭泪。扎伊诺忏悔之后，脸庞在夜色中十分柔和。我想起许多歌，小时候和年轻时候唱的歌，它们一并涌来，与我告别。

我最早会唱的歌是“蓝蓝的天上白云飘”，在幼儿园学的。我对着幼儿园的高墙唱了许多遍，越唱越想家（我是长托），逃回去三次。我还会唱《骑兵进行曲》的旋律，这也是赤峰七小的校歌，没有词。咪哆来咪咪，咪哆来咪咪，嗦嗦哆来咪——，这是第一乐句的前四小节。第二乐句，来哆来来来，来哆来来来，嗦嗦拉哆来——，激昂。唱这个歌你一定要用小碎步往前捣，像战马走过检阅台，马头被缰绳高高勒起。我奇怪，当年我们站操场上唱这段无词歌是为了什么呢？没歌词怎么受教育？我还会唱安代舞的旋律，也没词，老师直接教唱名——拉哆来咪嗦，哆来哆拉嗦拉，嗦拉哆咪嗦，拉拉嗦哆拉（休止符）哆来拉（休止符）哆来拉（休止符）哆来咪来嗦咪嗦来哆，拉哆来咪哆（休止符）拉嗦拉来哆拉——。注：休止符这节骨，右手执手绢向天上扬，跺左脚，越使劲越好。哆啊咪呀，写在纸上没意思，把谱子写下来才好。安代是哲里木民间乐曲，与萨满教有关，围着篝火跳。也有人说它是调情的舞蹈。爱什么舞什么舞，我会唱的歌多了。夜色越发稀薄，远处山峦的边缘勾着一抹白光，山上的露水打湿了裤角。

第二十二章

我很乐于把大众生产的甲壳虫轿车叫“保罗轿车”。浑圆的车身，天真的车灯，车鼻子像趴在地上闻味，怎么看都应该把它叫保罗。

我在商场见过一款特殊的电视机，想半天，感觉这应该叫克罗齐电视。跟售货员打听，她说此电视名为“等离子”。等离子？这真是连想都想不出的怪名，他们已经叫上了。《等待戈多》是一出荒诞剧，等高线是什么我也不清楚。而“等离子”基本上是半句话。《草原之夜》歌词曰：等到那——千里——雪耶——消噢融。等到草——原上——送嗡来——春嗯嗯嗯嗯风，这是等的结果。等谁不好，等离子干什么？我家里有一只瑞士产空气净化器，叫等负离子净化器，等而负之。金圣叹说，梨（离）子腹内酸，如此父也。宁可天下人负我，我不负离子，等而不至谓之负心人。

有个人管我叫老师，问：老子哲学的刚与柔、损与余、盈与亏等等，到底想说什么？我说你问于丹去。他说不认识她家门。我说老子在说道，道的品质或趋势。他问，道又怎样？我答，老子曰“道法自然”。他说道法自然有那样好？好在自然，我答。

扎伊诺、王瑙浩和我在山上迎接夜色的降临。有蚊自远方来，不是一只，啪！啪！我左右开弓收拾它们。月光下，虽看不清它之死活，指尖摸出湿，有血，约有一毫升，可能含扎伊诺半毫升血。每当我见到蚊子留在胳膊上的一摊血迹，我恨不能把它整活了重新再拍死。蚊子（亏它还带一个“子”字，孔孟何以堪？）飞到你身边，执子之手之脚之脸蛋啊，歃血为餐。酶，蚊子嘴里有一种防止人类血小板凝结的酶让你痒。痒是何等不庄重的事体，咔咔挠。科学家为什么不能修改一下蚊子的酶呢？德国不来梅大学的科学家正用他们哺育的蚊子为人们注射疟疾疫苗。

如果有渠道跟不来梅大学的蚊学家沟通一下，建议他们在蚊子酶里设置以下基因：1.戒烟；2.见酒就吐；3.抑制低密度脂蛋白合成；4.不费劲唱两个半高音；5.撒尿无声；6.视力可看到二十公里之外物体，分辨率一厘米；7.实行无梦化睡眠；8.让人忏悔，不忏悔造成前列腺失灵，化为后列腺；9.能听到低于二十赫兹的低音；10.为高血压症注射疫苗。当然别人还可以提别样的议案，荣辱与共。届时，蚊子将成为人类的救星。不知有多少人希望通过蚊子的嘴注射腰间盘突出疫苗，注射治疗白癜风、痛风、吊线风、心脏病、脑血栓等等离子的疫苗。故蚊上座成子，蚊子。子在肉上曰：嗡——救你们来啦！

扎伊诺说，我们回忆一下，说这一生想做没来得及做的一件事。他说，那是在1972年，我……

王瑙浩打断他，1972年有什么屁事，我和我老婆的事才是好事。我想我老婆，他手指山下，所指之处黑黢黢莫辨物形。我老婆，他指着黑暗说，德力格尔玛，你们谁的老婆也比不了，盟长的老婆也没我老婆好。

那敢情，扎伊诺说，盟长老婆老了。

不老也不如德力格尔玛，王瑙浩说。我们是在庙会上认识的，莫力图庙会，阴历七月初七。哎呀，到处都是人。德力格尔玛站在东营子那边，她穿一件水蓝色的蒙古袍，袖子到胳膊肘这儿，里边还有袖子，这是大清的样式啊。她戴的头饰是珊瑚和松石组合的。往那儿一站，就像月亮下的檀香树正在开花。你围她身子转一圈儿，看，她脸蛋从哪个角度看都是圆的。巴拉珠尔的老婆脸蛋是两个半圆，像小孩屁股一样，我根本没看上。德力格尔玛呀，德力格尔玛，她一笑，像海棠果在枝头晃来晃去，牙齿像贝壳穿在了一起。我在庙会上打开一瓶可乐忘记喝下去，气都跑光了。我一点一点走过去，德力格尔玛看出我在看她，像被展览一样右手捏着左手笑。她的头发分出雪白的印，她的上眼皮和鼻梁被七月的太阳晒得有一点浅红，但没有嘴唇红。她的嘴唇湿漉漉的，像沾着蜂蜜，晒也晒不干。我一点点走过去，她转一下眼珠对我笑，我身上的肉像被浇了开水的雪堆一样融化了，再想重新堆起来都不可能。我听到一个小小的声音从我嗓子飘出来：我是贵力思台的王瑙浩。

哈哈哈……她用巴掌捂住了自己的鼻子和嘴，怎么叫这样的名字？

这是打赌起的名字。我不知是谁在说话，好像是我，声音和嗓子完全不由自主了。瑙浩是狗的意思。我爸跟别人打赌，谁赌输了，他出生的孩子就叫瑙浩。

我爸可是一个打赌的好手，他和邻居打赌说东村放羊的青德木尼头上有三个虱子，两个人各把五十块钱放在洗脸盆里，压上石头，到青德木尼头上去抓虱子。结果，在他头上抓到两个，领子上抓到一个大白虱子，一共三个，我爸赢了。其实那个大白虱子是我爸身上带的，就藏在他袖子的衣缝里。如果虱子多了，他偷偷扔掉。

德力格尔玛说，你真是瑙浩，你出的汗把衣服都贴身子上了，瑙浩。

我说……我，我说……我，那个飘着的声音没了，嗓子突然哑了，嘴唇再累也没有声音。问她——我挤出来的声音像老汉一样——你叫什么？你爸是谁？

德力格尔玛，她的话像铃铛一样响，我爸是喇嘛，名字叫宁布。

噢，宁布喇嘛的女儿德力格尔玛。我多想说我娶你呀，不敢说。谁敢说？身上吓得哗哗出汗，比撒的尿都多。我觉得自己体重减轻了二十多斤。

这时候，不知什么原因，“咔嚓”一个炸雷掉在寺庙边上的老榆树上，榆树一半被劈开，白花花地露出木头茬。天上掉下来铜钱那么大的雨点，砸在脸上疼，砸在脖子上也疼。我脱下衣服，一件旧的蓝涤卡中山服给德力格尔玛披上，她的蒙古袍被雨浇了多可惜。我拉她手往山下跑。又一个炸雷在我们的前方落下，我拉着她拐弯往小学校跑。一个炸雷落在碾盘上，离我们只有五步远，碾子炸黑了。你们可能听明白了，这些炸雷都有目标，目标就是我，考验我敢不敢手拉着德力格尔玛跑。雨点和雹子一起下来了，眼前一尺远就是雨水和雹子的墙，白的，看不透。一定有人得罪了老天爷，他才下这么大的冰雹雨。我们俩跑到一个机井房，机井早没了，窗户像监狱似的竖两根枣木棍，没玻璃。德力格尔玛脱下蒙古袍拧水，不拧干水，衣服就掉色了。蒙古袍拧干了，她问我，裤子的水拧还是不拧？我说拧拧吧，要不裤子也掉色。她脱了裤子。

虽然在夜间，扎伊诺的眼睛闪闪发光，hormone（荷尔蒙）涌到了扎伊诺眼睛的结膜、角膜和虹膜上面。他听到德力格尔玛脱掉了裤子，荷尔蒙就冲了上来。可见，hormone是一种自发光体，尽管它只是一种激素。从大分子生物学来说，荷尔蒙连激素也不算，它是激素之间的调节物质。比如调节胆固醇与脂肪之间的关系。表面上，脂肪的分解与肝脏有关，其实受大脑支配，是大脑的指令把脂肪分解为胆固醇，进而分解为甲状腺素、肾上腺素等诸如此素，包括性激素。在现代汉语里，荷尔蒙这个中性化学术语可悲地变成男人性激素的代名词。

王瑙浩用袖子擦一下嘴，说，我们衣服都是湿的，衣服笔直地贴在身上，德力格尔玛把裤子脱了下来，像揭豆腐皮一样。她一脱，看我在看，害羞地转过身，薄薄的白色带指甲大小蓝花的裤衩包在她屁股上，透出肉色。她的屁股像……哎呀，我没见过那么了不起的屁股，好像世上的一切都是这个屁股生出来的，这是能生出好多健康孩子的屁股。她的腿比象牙还要白，带着雨水的水渍。德力格尔玛又转过来，双手交叉抱着胸，用手罩着自己的奶头。她穿一件砍袖的圆领内衣，我们叫褂衩。粉色底子、白花的褂衩被雨淋得贴在肉皮上。肚脐那块儿没贴肉，白色，别的地方肉色。她头发分成绺，黏在红脸蛋上。脸被雨水洗过，看着像野丫头。我开始哆嗦，听到一个声音从头顶上传到下颚，的的的……我抬头看，柳条编的屋顶，缝隙间有一绺干泥巴，这是什么声音？是不是谁安了定时炸弹？这个声音越来越紧凑，的的的的的……

德力格尔玛说，你也脱了吧，全身都湿了。

我连衣扣都没解，两下就把衣服全脱了。往上一撸，往下一脱，身上什么都没有了。我抱紧德力格尔玛，越抱越紧，用她的身体控制我的哆嗦。

后来，我问德力格尔玛……

别说后来，扎伊诺说，你别一下子转到后来，你要从哆嗦那儿慢慢往下说，越细越好。

什么？我凭什么越细越好？王瑙浩说，后来，我说的的的的的声音怎么听不见了？

德力格尔玛说，是你牙齿打架呢。

我对德力格尔玛说，你身上好东西这么多。她说什么好东西？我说胜利的源泉。

我们好完，雨过天晴了。德力格尔玛把衣服拿到外面晒。我往窗外看一下，外面一片树林子，大腿粗的红松和落叶松从门口一直长到山坡下边。太阳的光线好像特别珍贵，透明的、刚刚射出来的光线从黑暗的树冠照下来，每片草叶上都闪耀水珠。德力格尔玛拿脚扫落草上的雨水，把衣服摊在有阳光的地上。她又搂我、亲我、咬我的耳朵和鼻子。咬耳朵扎着痛，咬鼻子酸痛。我脑子像做梦一样，对她说，为了证明这不是梦，你再说你是谁？

她说我是宁布的女儿，我叫德力格尔玛。你是谁？

我想我们都不认识就这样又抱又亲，会不会受到老天爷的惩罚呢？那几个炸雷就是追着我们爆破的。天晴了，老天爷以后还有什么措施呢？我说我是……我忘了自己叫什么。宁布不是我，是她爸的名字。我叫什么来着？

瑙浩，你是王瑙浩。

哎呀，真是，我把王瑙浩忘了。我爸知道了肯定不高兴，这是他打赌得来的名字。那回他打赌输了，他说日本十天之内就会地震，结果没地震，我就成了王瑙浩。

我说我是王瑙浩，咱们俩结婚吧。德力格尔玛松开手，我看到她乳头只有高粱米粒大，和我看到的都不一样。她想了想，哭了。她一哭，我就害怕了。我的奶奶，千万别上大队告我呀。

她哭完说我心里好受了，我一直想我的丈夫是个什么样的人，没想到是你这样。我说我不好吗？她说你像一个钮古录。我问什么是钮古录？她说这是满洲语，狼，全讷。全讷是蒙古话，狼。

我说以后不管什么事，我都听你的。

我们结婚之后，我什么事都没听她的。家里有了畜群，我种了一百亩林子，胸径二十厘米了，这是钱哪。我把十亩林子转卖给种西瓜的人，用这笔钱翻盖了房子，买了摩托车。德力格尔玛要买一个洗衣机。洗衣机才多少钱？可是家里没有下水道也没有自来水，买它有什么用？德力格尔玛说她要跟洗衣机合影，她用洗衣机内膛装缎子和大绒，装银碗，这不是胡思乱想吗？可是，我现在后悔了，为什么不给她买洗衣机？难道洗衣机非要洗衣服吗？我想好了，洗衣机里面可以养蛇。蛇这个东西很凉很凉，用手握着蛇睡觉可以去心火。蛇的舌头吐噜吐噜也好玩嘛，像人吃面条一样。洗衣机不养蛇也行，放上个面板擀面条也好，洗衣机好！我再卖几棵树，给德力格尔玛买三个洗衣机，每个屋都摆一个洗衣机。这是我最想干的事情。

第二十三章

王瑙浩说完之后，抱膝观天，看天上有没有一台洗衣机如流星般降落。我告诉王瑙浩，天文学以赤经线和赤纬线为界，把肉眼能看到的恒星分成了八十八个区域，叫星座。每个星座用动物、器具和希腊神话人物来命名，有一颗最亮星叫五车二，星座中最像洗衣机的叫御夫座。

御夫座在哪儿？王瑙浩问。

我告诉他这个星座在北天图的西侧，它的西侧叫金牛座，最亮星叫毕宿五。金牛座像个回头瞧自己尾巴的长颈鹿，御夫座上方如一个潜水员的叫英仙座，最亮星是大陵五。每个星座都由最亮星来辨认。

御夫座是不规整的长方形，上大下小。大熊座的最亮星，中国人叫北斗七星。像鞭子一样包着北斗七星的星座叫天龙座，它在北极星下面。御夫座的右下方是双子座，像一个斜靠的麻袋，它的最亮星有两个，北河二和北河三，所以叫双子。双子座下面最像奔驰车标的是巨蟹座，它的矛尖刺向弯弓一样的天猫座。天猫座东面的邻居是分散的大熊座，大熊的下面是小狮座，小狮下面像狼一样伸出尖钩的是狮子座，它的最亮星是轩辕十四。

宝蓝色的夜空，星宿像大大小小的银马车。隐形的天马拉着天车巡行，集结于天河一侧，跃跃欲试。更小的星星是河边马车的倒影。

西门子星座在哪儿？王瑙浩问。

没有西门子星座，也没潘金莲星座。

夏普座呢？

哪有夏普座，你买电器呢？

对呀，我找你刚说的洗衣座。

停止。扎伊诺说，你们说的话根本不像临终之人的话语，你们太轻佻。

我要给我老婆买洗衣机。

你疯了！扎伊诺说，你肯定做了对不起你老婆的事，想用洗衣机救赎。电器没有道德性，你补偿不了。我要讲我的故事——我后悔没完成的一件事。

那一年，我在读大学，你知道我从来不是一个好学生。和其他备受压抑的青年人一样，我热心于政治。政治，特别是它的狂热性，比如抗议示威活动，与警察对峙十分吸引人，特别适合于性苦闷的人们。其实性和破坏有时候是一个词。

一个秘密警察盯住了我们，这个警察的名字叫哈桑，外表像一个教授，他懂得萨桑王朝的艺术品特征。哈桑每天早上坐在扎黑丹街拐角的阿拉伯茶馆里喝一杯掺薄荷的黑莓茶，抽水烟，读三份报纸，玳瑁框眼镜后面的眼睛流露迷惘，好像回忆失散了三十年的表哥童年的相貌。其实他的腿在桌布下面抖，好像踩在大马士革弹簧上，这是他酝酿坏主意的开始。

我们有两个伙伴就被他抓走了。哈桑手下的人伪装成你家乡的人，带你取椰枣，或者在你面前突然摔倒，好像心脏病发作，就在你扶他上医院的途中，把你带上藏在什么他妈地方的车里。

他们先是收买你，收买你当密探也是为你找一个日后治罪的理由。你如果拒绝收买，那就直接上天堂了。

我的人生目标是消灭哈桑，让他在不知不觉中咽气，为博季瓦丹和苏莱曼复仇，他们俩是我的战友，可能被哈桑推进水泥搅拌机里了，也可能被装进牛皮袋沉入霍尔木兹海峡。

我调查了我所能了解到的关于哈桑的一切资讯，比如研究他上公共厕所会停留多少时间，他的狗吃什么牌子的狗粮，他的病志，还有他的情妇。

他的情妇叫米凡诺，是俾路支斯坦人。她住在颂神者大街一家鞋店的楼上。哈桑每星期五下午三点钟到米凡诺家，五点钟离开。

那一天是星期五，下午两点，我假装是修煤气表的人赶到了米凡诺家。敲开门，米凡诺让我进了屋，当然这对她是不幸的。我把她绑起来，问哈桑到没到？她说还没有到。我检查了一遍房间，告诉米凡诺，我不会伤害她，但哈桑今天必须死。如果她反抗，就是哈桑的殉葬品。我把米凡诺绑在卫生间的马桶上，脱下她的内裤。我准备让这条内裤成为哈桑与死神见面时的礼帽，一定会把死神逗死。

三点整，敲门。我已经准备好了一切——勒脖子用的大提琴钢丝弦，一把分解他关节的一寸宽一寸长的渔夫刀，溴化银，一只点35口径的手枪，还有锤子和夹指手铐，这些东西都装在我的登山服里。

敲门，哪、哪、哪。我把门慢慢开一条缝，突然打开，一把拽进来客，关门。我用劲太大了，来人摔倒在地，滑行三米多，头撞在沙发脚上。我用膝盖压住他脖子，用枪抵在他后脑勺，说，钢丝弦、枪，还是刀割喉管，你挑吧。

他说枪。

他还敢说枪？他竟然嘲弄我，我气坏了，把他翻转过来。他妈的他不是哈桑，是一个虚弱的乡下人，灰色的眼睛由于恐惧变得像乞丐衣服的纽扣一样黯淡无光，脸上一点血色也没有。我马上想起来，哈桑是栗子色头发，这个人头发灰白。

你是谁？我问。

这个人痛苦地用手拽自己脖子的皮，摆头。他头上冒一层汗，我摸他颈动脉，心跳已经不规则，这是心绞痛的症状。

我问你是谁？

他用尽气力说，表哥。

谁表哥？

他闭着眼睛说，心脏。

还有人是心脏的表哥吗？我想立刻把他绑起来，但他似乎用不着绑了。当然最好为他叫一辆救护车，但这不可能，哈桑马上就到了。

敲门。

哈桑。我用脚把表哥踹进沙发里面，把米凡诺的内裤也就是哈桑先生的礼帽塞进他嘴里，免得发出声音。我慢慢打开门，把门完全敞开，只等哈桑那个栗子色头发的罪恶的后脑勺暴露，一锤子砸过去再说。

门开了，没人进来，约有四五秒钟没进来人，我需不需要探头看一眼？当然这样做是危险的。外边的人进来了，万能的安拉，你说是什么人？一个女人。倒霉的事全让我碰上了，什么表哥，这回又是女人。她头上包着黑纱，穿黑色长袍，右手拎一个包。我想她如果发现我，我就说自己是一个小偷。黑袍子遮蔽了她身上的曲线，看不出她的年龄。她大约是米凡诺愚蠢的同伴，她不知哈桑每个周五都要来吗？连我都知道。但事实证明我更蠢。她在门口站了两三秒，突然以女人所不具备的疾速后撤，我咣地踹上了门。这个女人一抬右手，把包甩到我鼻子上，我几乎被打倒，包里装的好像是一块钢轴承。毫无疑问，我的鼻子出血了。最要命的是，我的斗志和警惕性被打没了。我扯住她头巾，露出卑鄙的栗子色头发，哈桑！

我掏身上的武器已经来不及了，哈桑一拳又打到我鼻子上。这是内行的打法，专往你伤口上打，让你丧失意志力。他的拳头几乎像石头一样坚硬，好像就是为打碎你的鼻梁才长出了这只拳头。我感到鼻骨被打碎了，也许先前就碎了，骨头的碎渣扎在嗓子后面。我没让他打出第二拳，劈掌砍在他脖子颈动脉上，他身体晃了一下。这是空手道技法，我学过。我借挥掌击打的劲，反手以右肘击打他下巴，准确地说是他右侧耳朵下面的下巴关节点。他的下巴立刻掉下来，脱臼了。我开始掏我身上的武器，我有点慌乱。其实应该抢下他的包，这是起码的应战术，我一慌就忘了。他的包砸在我后背上，我觉得快被他砸死了，上不来气，光咳嗽。没等他扯回包砸第二下，我抱住他的腿，头顶他肚子，哈桑摔了个四仰八叉。我掏出刀，我要一下结果这个狗娘养的秘密警察。我握刀刚要扑上去，却摔倒了。你们知道为什么吗？这就是我今天还后悔的原因，你们中国话叫无毒不丈夫。我的脚被沙发下的什么他妈表哥拽住了。直到今天我还在想，他不是犯心绞痛了吗？事实上，什么可能都有可能，什么假象都可以装得像真的一样。

哈桑一骨碌爬起来下楼，我当然不能追，会中子弹。我也不能久留，警察马上就会到来。我从窗户跳到鞋店的屋顶，赶紧溜了。

我不能在那儿待了，去了土库曼斯坦的阿什哈巴德。我感到有人监视我，越境，沿着穆尔加布河南下，经过阿富汗到达巴基斯坦。

我在巴基斯坦的白沙瓦待了两年，在中国人的建筑工程公司工作，当质监员，学会一些汉语，之后到了新疆。新疆我去过的地方太多了，塔城、叶城、巴州，我跟伊犁一位上海人系统学了两年汉语。这个人叫胡劲节，八十多岁，是老上海东吴大学的博士，他的祖上是胡林翼。我跟他学习了中国古代的水利史，还有清代的官职制度。我的论文在巴黎高等师范学院东方学中心得以通过，得到一个副博士，就是硕士学位。我持有黎巴嫩护照，还拥有吉尔吉斯斯坦的国籍，在中国的一些学校教书，教波斯语和中亚历史。但这些都不重要，我只是告诉你们我的来路。假如我死了，而你们俩还活着的话，把我的历史告诉他们。

我最恨那个表哥，他凭什么在那天下午出现在米凡诺家里？我后悔没有把他打晕，和米凡诺一起绑在马桶上，让他们举行拉屎比赛。哈桑逃脱了，他的包里装的到底是什么？迫击炮弹的弹头？拖拉机的轴承？拿破仑皇帝的铜玺？我的鼻梁在巴黎做过六次手术，植入钛合金材料。碎骨头把鼻窦扎坏了，流脓，眼睛也出现了问题，但是手术很成功。

在我的计划里，杀死哈桑的办法很多，有一些我不愿意去做。比如往送奶工送给他家的羊奶里投毒。哈桑家无辜的人会死掉，送奶工也要倒霉。有一次，市里举行一场足球比赛。我跟踪哈桑已经很长时间，他从家里出来，坐在一辆苏联产的吉姆轿车上，同行的还有他的父亲一位白发苍苍的老人坐在车后座。他双手把在哈桑的肩上，戴一副墨镜，是个盲人。

吉姆车停在体育场边的大道上，他们下了车。哈桑平时不坐车，我理应这时在车底盘下面装一个塑胶炸弹，车一打火就爆炸。但我没这样做，他的盲人父亲不应该为他的卑鄙儿子买单。

进入场内，我和哈桑的位置不到三十米，我在他后脑勺四点钟方向。这家伙总是很幸运，他抱起了邻座一个小男孩，我搞不清楚子弹会不会穿透哈桑的颅骨打在小男孩的头上。我对我这把德国产的西格绍尔牌手枪没什么研究，它的子弹三毫米。三十米的距离，一定会一枪打死两个人。所以，什么盲人父亲、表哥和小男孩都成了安拉派下来保护哈桑的天使，但愿他今天还活着。

第二十四章

长这么大，我没躺在石头上睡过觉。躺下，你觉得骨肉结构跟石头完全不配套，怎么翻身都硌得慌。早知道有这一天，身体应该搞一个充气结构，在皮肤和脂肪之间开辟一个真空层，往里吹气。吹气口设在腕子上，有个嘴，自个儿吹气或互相吹气，是不是两口子都可以往对方皮里吹气。气门嘴采用捷安特自行车的型号，不漏气。皮下充气的身体，躺着睡觉舒服。自己卧自己的气上，翻身什么的圆咕隆咚不硌人。这个装置还适于哥伦布航海郑和下西洋，漂三天三夜不沉底，人像王八一样用两只小手划水就前进。如果想放屁可把直肠管路掰到充气层，能省就省。吃炒黄豆喝凉水，源源不断低碳充气，这是环保型的自我膨胀。但我觉得往皮肤里吹二氧化碳还是有问题，被血液吸收人会中毒。屁的成分是空气，含少许甲烷，没什么营养。应该充纯氧，内掺负氧离子和氢，使人飘飘然。

我在想，那些无家可归的动物怎样睡觉呢？马站着睡觉，因此不做梦。站着怎么做梦？尤其做不了色情的梦。小鸟用爪握着树枝睡觉。我家的小鸟睡觉眼帘落下来像一块白胶皮，眼球颤动。按弗洛伊德的学说，眼球动是人做梦。

眼球动表明右脑处理左脑一天到一生遭遇的信息。小鸟也分左右脑吗？信息被人脑吸收后，像羽毛沾在蜂蜜上，没办法自行消失，除非被你的右脑在梦中处理掉。人的右脑掌管情绪，它还有一个卓越的功能——处理左脑的信息，再现/过滤一遍，粉碎它。人如果不在睡梦中粉碎信息，早发疯了。这是睡眠对生命的保障功能之一。

可是我还是睡不着。我的手机还有电，但我不想把处境告诉别人。我看到月光下有一棵树，如英文字母Y。我走过去把脑袋架在杈上，上不来气。我把裤子脱下垫杈上，告诉自己：睡吧，尊敬的右脑，做梦吧，做得越多越好。以往的记忆对我啥用处都没有。

我在把脑袋架在树杈上之前，看见王瑙浩大步流星走，撩衣襟擦面颊，必有泪下。扎伊诺仰面躺着，头枕手掌睡着了，嘴吹气。气吹进大气层都白瞎了。他的肉不怕硌，他是雅利安人种。我套上脑袋，两手把树杈上，用不着数绵羊。科学家说梦境没有色彩，没有数字。恍惚间，我见到一个团豹形青铜扣饰。以往见过，在俄联邦图瓦共和国的博物馆。那座建筑是克孜勒城里唯一带罗马廊柱的楼房，里面的馆员由于文化多而变得志满意得。博物馆里不允许拍照，我偷拍了一组铜雕——小男孩撒尿，两个老头跪地下掬尿洗面。照相机没取消闪光灯，我被逮住，删照片。第二次偷拍，照相机忘记设置静音——咔嚓，高而胖而猛而乳房占到全身体积三分之一的女馆员出人意料地说了一句汉语：

中国人，不好！

如果不服，很可能被她的巨乳压迫窒息身亡。

我删掉照片，把相机交给她检查。

她继续用汉语说：我并没看出你表现出羞愧。

照相不是随地小便，我没什么可羞愧的。

她说，你的瞳孔表明，你做过六十二件令人羞愧的事情。

我说，也许吧，八十二件也够了。

你应该洗洗脸。

三岁的时候，我妈就告诉过我洗脸的事，不用你教。

她拿着我的照相机走了，我只好跟她走。进了一个屋，墙壁蒙着黑色天鹅绒，一架枝形吊灯点燃六根蜡烛。墙边是一排小孩撒尿的青铜雕像，跟刚才那个一模一样，大得多，比我还高。七八个人弯腰捧铜雕的尿洗脸，尿色酒红、宝蓝、翡翠绿不等。

女馆员整理自己的乳房，我以为她要从乳罩里抽出一把弯刀来，好在没有。她的乳房出人意料地左右换了个儿，好像她的胸膛有一个轮盘。她手指铜雕撒出来的紫罗兰色尿汁说，你洗吧。

不，我说，这颜色不适合我，我要用琥珀色。

琥珀？她又把乳房转一下，说琥珀色是130PT500下横线YT273972603，后面这级数字是1000除以365的得数。在3的后面还是273972603，无穷尽也。我在辽宁大学读过古汉语。她按铜雕男孩的肋骨，弹出一个计算机键盘。我的照相机放在桌子上，我抢过来跑出屋子。

刚出屋门，我掉进一个正在下降的电梯里。这他妈图瓦的电梯太怪了，不光下降，还像钟摆一样晃动，像宇宙飞船。我说完了、我服了，我把电梯上的按键全按了一遍。电梯里响起各式各样的国歌，《上帝保佑阿美利加》《君之代》……按键噼啦啪啦出火花。人真不知道自己是怎么死的，也许会死在一百多首国歌声中。

咚！电梯门开了，女馆员站在门口。她把两个乳房推到肩上，脑袋看上去像放在两个驼峰之间怪异的人头，显得上身特长。

回来了，中国人，你开始上课吧。

“上课吧”，就是把我吊了起来。他们给我穿了一个连裆的马甲，上边系两根牛毛绳，非常抬举地把我吊到离地面两米高的空中。我看到女馆员头顶有两个旋儿，一个留海象胡子的男人衣领后边露出一段红背心。

上啥课啊？我问。

你要表现出羞愧，女馆员说，比如你开始脸红，因为你偷拍文物的缘故。

我为拍照的事感到抱歉，但我已经二十多年不会脸红了，皮肤外层的毛细血管打不开了。

那你在上面练习打开毛细血管吧，什么时候脸红了，什么时间喊我们。

哎，你们别这样啊！

他们把我放下来，我说你们没完了，是吧？你们非法拘役悬吊中国公民是粗暴无礼的，明白吗？

女馆员向海象胡子男人使一个眼色。这家伙一手按住我肩膀，另一只手把我右臂拽出来举在他手里。我一瞅，胳膊接茬部分是煮熟的鸡柳的白丝，冒热气且有土豆泥的香气，海象胡子男子举我胳膊在自己鼻子下闻味。

臭不要脸，安上！我用剩下的左臂指挥女馆员。

女馆员说，按照我国法律……

给脸不要咋的？我指出，国？你们还信了。我认识不少叫刘振国、王建国的人，他们是国吗？安上！

海象胡子男人把鸡柳白丝胳膊插在我肩膀上。我合计肯定残疾了，这回开食杂店可以免税了。他怎么能一把就将我右臂变成肯德基呢？这个胳膊被安上之后，我闻了闻，有一股咖喱味。我掐了一把，很痛。鸡柳还知道痛吗？接着，我用这只胳膊做了几个喝酒划拳的动作——五魁手啊、四喜发财、三星三哪、六六大顺、一个老头、对宝拳、七巧七、八仙筒啊，这是赤峰人划拳的术语。没事。我用没事的这只手点乎他们，以后有事就找你们，划拳输了也找你们，翻眼皮擤鼻涕不顺利找你们，我弹肖邦的《雨滴》节奏不对更得找你们！

图瓦人很淳朴，一听说我弹肖邦着急了，脑袋凑到一起研究。女馆员双手握在一起，说我们初步决定赔偿你，但我们国家——对不起我们博物馆还很穷，没有现金，只有以文物补偿你。众所周知，贵重的馆藏文物不可以送人，我们可送你匈奴时期的物件，请你选三件。

她把我领到一个玻璃柜子前，卸开玻璃让我挑。

我第一相中的是团豹青铜扣饰，一只豹咬自己的尾巴。图瓦到处可以看到这类团豹的图像，中国红山文化的玉龙的结构跟它差不多。第二件是虎衔羊金饰牌，饰牌是匈奴人缝在皮衣上的装饰品。第三件是啥没看清，两只幼兽咬母兽的前后腿，母兽舔幼兽脊背，也是青铜饰牌。我对女馆员说，鉴于贵我两国……

“醒醒，快醒醒！”我睁眼看是王瑙浩，怎么是他呢？他犯了破坏文物鉴赏罪。我眼睛晚一点儿睁，就把这三件文物揣怀里了。干什么？我问王瑙浩。

我发现了一个洞穴，王瑙浩说，他手里举一个火把。

洞穴怎么样？你拉我去把它填平吗？

小点声，不能让外国人知道。

王瑙浩拉我往黑暗里走，我说我的脑袋还卡在树杈上呢。他说那是刚才，现在你已经走出十多米了。

山在夜色里近乎温柔，一切——包括树杈都像蒙上了一层绒布。王瑙浩的火把揭露了夜色，让东西露出形状，石头和树在火的亮光里微微颤动。

这，王瑙浩指一个山洞。

我睡不着，在山上转，他说。我踩翻了一块石头，举火把看，见到了这个洞口。

你进去了吗？

我……他迟疑。

你进了还是没进？

我想进了但是没敢进，我和你一起进。

毒蛇、陷阱、三个头的癞蛤蟆在里面等着我们，我说。

可是我们下不去山，这个洞也许可以下山。

上帝一般都这样安排，不过我们俩有可能掉进一个水坑里淹死。

死了算了，我不怕，你呢？

我……进吧。我把裤角和袖角系好，在头发里洒一些土。撅一棵小树当拐杖，跟王瑙浩进了这个山洞。

历史可能在这里打开新的篇章。当年内蒙古赤峰考古队的人拿着红山玉龙给考古学家苏秉琦看，苏看了说“玉龙”。从此，所谓“红山文化”皇然问世。之前有人拿翁牛特旗出土的另一件东西给苏秉琦看过，这东西跟玉龙一模一样，玉质颜色不同，他说这是“玉猪”，毫无轰动。

“叶”，有东西咬我的拐杖一下。

王瑙浩，你刚才咬我的拐杖了吗？

“唔，哇……”他举着火把回头，嘴里叨一把刀。

不是他。是什么？蛇？野猪？不要提野猪，上帝造万物为什么包括野猪呢？它下颚的咬肌有三百公斤的力量，能把老虎的后腿整个咬掉。人怎么能驯化这么凶猛的动物呢？野猪的奔跑速度超过狼。猪现在怎么会堕落到这种地步，只会哼哼，每头猪都像糖尿病、高血脂、痛风患者。人可真行，自己堕落之前已经让许多动物堕落。

不是蛇，一滴凉水滴入我脖子里，比刀的冷风更贴肉皮。我说，王瑙浩，我不想走了，让扎伊诺下来走吧。

王瑙浩把刀从嘴里取出来，说，假如我们走出洞口在山下喊他的名字，让他像傻瓜一样跺脚哭，多好。咱们可以说坐在老鹰翅膀上飞下来的。我想我老婆，这时候她肯定没睡觉，因为她的心已经碎了。走吧。

王瑙浩说话时，我看到映照火光的墙上有一些模模糊糊的图案。我让他闭嘴，火照石壁。

盘羊、盘羊，三个盘羊的图案，一只匍匐的老虎图案，身上刻着七颗星星，这是昴星团。我脑子“嗡”地被激活，昴星团是匈奴人的族星，虎头上还有鹿角状的火焰。我靠，这个洞里有东西！

我跪下来，让王瑙浩也跪下，念诵大悲咒，我念一句，他随念一句。

怎么了？王瑙浩眼睛在火光里像鹦鹉眼睛一样黑溜溜的。

我们——遇到了——神。

他回头看，神在哪儿？

我说遇到了神奇的事情，你不要说话，一切听我安排。

我认为我的话还在洞里回旋的时候，我的身体“轰隆”掉进一个笼子。

你慢点跳，王瑙浩说。

我还跳，留一条命就不错了。在我刚刚掉进这个笼子时，本以为无休止地掉下去，飘一个多小时，相当于从七百层楼上被人推下来。但时间没那么长，一瞬间我已经到底了。我伸手摸，周围都是刀啊，也许是剑，唯我完好。就是杂技团的演员往下跳，也没我跳得这么安全。

王瑙浩，你拿火把照一照。

火光照下来，我身边是青铜尖矛，按七星排列，我正好站在勺子中间，故此无伤。

你……王瑙浩说，你以前来过这个洞吧？跳得这么准。

你二 ×，王瑙浩！你想法儿把我救出去！

他将火把扔下来，你照照里边有什么！

我捡起火把蹲下，下面有一个抽屉形的、人工开凿的石室，露出两只脚。这他妈是个墓穴。

第二十五章

见到墓穴，我一点都没兴奋。古代人是有灵魂的，灵魂在墓里墓外，川流不息，你不能去打扰他们。现代人有没有灵魂，我拿不准。我觉得人如果老喝假酒、吃油炸食品、吃带“抻面精”的面条以及用化工产品加工的食品，死后基本上就没灵魂了，灵魂被药死了。古人的灵魂像玛瑙一样，核心部件是一个带正电位的电子和不带电的质子组成的核，会飞。我祈求墓穴的主人原谅我的打扰。我边祈祷边看从石室里伸出的两只腿，逼真地说是两只鞋。皮制，用皮绳捆扎，鞋头缝一个银虎牌。鞋底用白颜料绘上去两只鹰的图案。

王瑙浩，把我弄上去!

底下有什么？他问。

有一个死人，穿一双鹰鞋。

他腾地跳了下来。王瑙浩这么喜欢死人吗？我眼看着他屁股挨上青铜尖矛上，闭眼想，王瑙浩完了！尖矛穿过他的屁眼——直肠——胃——贲门——食道——咽喉——上颚——脑室——额叶——海马区——颅骨——百会之后钻出来。我估计我不敢睁开眼睛看。

睁眼，王瑙浩坐在地上，尖矛的木杆已经朽了。他坐着看我，期望我解释他为什么没被戳死，没变成羊肉熟筋串。我说，起来。他站起来，摸一把屁股，看看手掌，再摸头顶，看手掌。

他保佑你没死，我指墓主的脚说。

他攥住死人两只大脚，猛地拖出来。王瑙浩太不是东西，他拽出的是死人白花花的两只胫骨，当然带着鞋。他扔掉骨头，一低头钻进石室，从里面往外递东西，让我接。

我接过一副马笼头，五六个饰牌，一只青铜釜，一把剑。我说行了行了。

他钻出来，脸被火把照得像毛氏红烧肉那么油汪汪的。他说，我明白了一切，一切都是上天安排好的。大炮为什么崩塌下山的小路？你为什么把脑袋架在树杈上睡觉？我知道一定有不同寻常的事情发生。说完他又钻进去，递出来七八个跪着的有角和无角的铜鹿、马面具和长柄的锥子。

先掏这些，王瑙浩退出来，用手捧着这些东西，我有钱了！没办法，钱总是争着抢着往我怀里钻。看，这是一个金牌子。

这个金饰牌大约7厘米×14厘米，图案是野猪与猛虎咬斗，虎在下，猪在上，你死我活。

看！王瑙浩举起一串珠子，他说，玛瑙、水晶、琉璃，这么大的水晶你看过吗？

咦？王瑙浩举起一只鞋端详。鞋底对着我，并非刚才的老鹰图案，牛筋底，有沟回花纹。他把鞋递给我，说，完了，要倒霉了。

我接过看，这他妈是一只耐克运动皮鞋，还有鞋带呢，假墓！我告诉王瑙浩，这是假墓，匈奴人哪有穿耐克鞋的？你手里那些东西都是假的。

王瑙浩愤然扔掉饰牌珠串，叮咣响。过一会儿，他用痴呆的眼神看我的脚，问你的鞋呢？

我一瞧，脚上光剩袜子了，另一只脚穿着和这只鞋一模一样的耐克鞋。眼花了，没认出来自己的鞋，鞋掉了都不知道。

真墓，百分之百真墓！王瑙浩拿一只拇指粗的玉柱亲了一下。

这是塞死人屁眼的，我告诉王瑙浩。

塞屁眼做什么？防止拉稀吗？

人死后魂从天灵盖飞升，魄从谷道就是屁眼散逸，塞住是挡魄的。

人们说魄力，就指这个吗？他用手晃小玉柱。

我说对，穿上鞋。耐克，刚才金银饰牌中出现这只鞋时，我突然对美国感到了厌恶，它跟匈奴根本不能相提并论。匈奴兄弩胸奴，光听这个名字就知道它是何等伟大的民族啊。我对王瑙浩说，我们得救了！

他眨眼。我说，明天你看着吧，下午的时候，山下一定堆满了人，一定有人会把我们救下山。

我都忘了，他说，我们下不去山了。

想法上去吧。

王瑙浩从墓里搬出两根粗大的松木，搭成斜坡，我们俩爬到上边。

出洞，我用手机为这几件饰牌拍照，用短信发给我的做网站的朋友，让他迅速告知各网站。短信内容二十字："内蒙古昂努德草原格萨尔皮靴山出土匈奴古墓。"此事无须多言。

我跟王瑙浩回到宿营地，扎伊诺还在酣睡中。

王瑙浩带我到一个石崖下，点上两个松油火把，清点这些战利品。里面不知道还有多少好东西，他说。

我想起王瑙浩把两只胫骨从尸体上抽出来的情形，就像梦中图瓦人把我右臂拽下来一样。他说，这个匈奴人可能是王昭君的丈夫呼韩邪单于，但边上应该有王昭君的两只小脚。你还想把王昭君的胫骨"唰"地抽出来吗？我说，膝关节的结构极其复杂，抽出来就安不上了。那么，王昭君丈夫到格萨尔皮靴山来做什么？找小老婆？胫骨却被王瑙浩抽出来了。他把这一对骨头棒子放哪儿了？上面还有鞋和银虎头牌呢。这具古尸腐烂了，联接骨头的十字韧带和副十字韧带骨也烂掉了。我的朋友亢捷不会滑雪，他到亚布力滑雪场套上一副大滑雪板，从五十六度、一千延长米的雪坡滑下来，像飞机俯冲一样。亢捷空执雪杖，不会调整方向速度。滑雪板碰到一个小雪包，他腾空而起，约两米高，在空中转体三百六十二度，落地；再腾起，约一米五高，半转体。他们单位的人鼓掌，啪啪啪，老亢太厉害了。亢捷落地后俯冲，一棵树（什么树种不清楚）别他左腿一下，左膝副十字韧带全体断裂。外行人不知道副十字韧带断裂是什么后果。这么给你说吧，亢捷的左腿如万向轮一般可朝任意方向摆动。他继续下冲，遇雪包继续腾空。亢捷这时候除副十字韧带损伤外，胸骨已断裂五根。他终于止步，站在那里笑。只站立，只咧嘴笑。单位人过去问讯，他不说话。所谓笑，是从嘴角小口吸气。他的肺泡被胸骨戳烂了若干，不能出气（气已经从肺泡出去了）。单位人把他扛回饭店，他躺在床上笑；晚上睡不着觉，看天花板笑。忽然，上帝也许想起亢捷过去做的坏事，开始惩罚他，让他咳嗽。咳嗽当然要出气，胸骨断茬在呼吸肌的牵动下扎他残余的肺泡，“呃、呃、呃……”，他不敢咳。但咳嗽属于本能，本能就是谁也管不了，咳。那一宿，亢捷遭老罪了。有一回，亢捷骑运动自行车飞驰，摔大马叉，腕骨在水泥路面挫出一小片硬币大的白茬，手表蒙子划起毛了。他把手表送给我，做纪念。后来又要回去，说自己纪念。还有一回，他练马拉松，在四十公里处体力衰竭（我分析是肝糖原耗尽造成肝衰竭，易死亡），他自己爬上公共汽车，躺在车厢地板上。大伙吓坏了，看他穿运动背心裤衩，皮肤蒙一层亮晶晶的细盐粒，出汗出的。人们没见过这场面，不知怎么办。过了半小时，他复苏过来，笑嘻嘻下了车。

这些给你，王瑙浩把饰牌分成两堆，一堆给我。王昭君丈夫的这些遗物都挺好，一把青铜刀，弧背弧刃，刀柄浮雕七个鸭子，应该是大雁。最让我感动的是这个团豹青铜扣饰，也就是今天的大皮带扣，和我今晚在梦中见到的一样，团龙形豹头动物咬自己的尾巴。我的梦竟然下探到山下十多米和团豹扣饰相逢，太离奇了。有一样东西我不知其为何物，一个马蹄形的银虎头，口咬云纹，背面是平坦的。

这是马具，名字叫节约。

我回头一瞅，扎伊诺不知何时走过来，正在发言。他说，节约是驭马工具，这是匈奴人的东西，归我了。他把银虎头节约放在手里。

这个，扎伊诺拿起一个金饰牌，左右两只虎咬卧在中央的牛，牛角刺进双虎的耳朵。虎代表匈奴人，牛代表黄道十二宫的金牛宫，是汉人。这件饰牌是冒顿单于时期的东西，公元前300到公元前200年。归我了。

哎！王瑙浩抢过金饰牌，你怎么能说几句话就抢走一个东西？

但你们总要送我一些东西，我是专家。公元前200年，刘邦在白登山被匈奴围了七天七夜。我们现在还不到一夜，你们知道吗？匈奴灭了月氏、楼烦、丁令各民族，不然中国少数民族比现在还多。八十八个民族八十八朵花，那些花让冒顿单于和成吉思汗掐死了。把那只蛇首青铜匕首给我。

王瑙浩将两把匕首送扎伊诺。

扎伊诺举着蛇首匕大声吟唱：失我祁连山，使我六畜不蕃息；失我焉支山，使我嫁妇无颜色。这是匈奴人的古歌，你们知道吗？

天色熹微亮了，扎伊诺又得到一个骆驼手柄的铜镜，他说这面铜镜在苏富比拍卖行可得五万英镑。

我的手机响了，我的记者朋友来电说采访团今日抵达格萨尔皮靴山。我说你告诉他们，这里发现了王昭君丈夫呼韩邪单于的办公用品，让媒体雇一个登山队上山，带水、干粮和手机电池。

天亮前，我们各自搂着宝物睡着了，我还趴在树杈上。中午，我被山下的喧闹声惊醒。结局比我想象的还好，一架直升机在头顶盘旋。我举着团豹饰牌对直升机说，快放垂梯吧，中华文明又往前推进了六千年。刚才我对扎伊诺说，不要讲匈奴。就说这是皮靴山文明，比红山文化还早三千年。一切文物都以龙命名，龙牌、龙镜、龙匕首。扎伊诺说欧耶！

直升机翼飞旋，把我衣服吹得像肥面袋子。找不到王瑙浩了，我去山洞，见他以非人的力量用石块掩好洞口。王瑙浩让我保证不把这事说出去，我说对头，我们不能让王昭君夫妇的股骨头和其他东西遭到破坏。再说别人也上不来山了。

我登上直升机垂梯往下看，山下站满了奇怪的人，停着各式各样的车，他们均在仰望。然而直升机一直开出去，机长问我们去哪里？我说要是不麻烦的话，把我送到花火绣。扎伊诺说送他回香港。机长说你别不知好歹了，直升机起降一次就需二十万，上香港油不够。

飞机飞到镇政府上空时，院子里已经挤满了人。我们从后面的草甸子下飞机，记者冲过来，开始问蠢话。

记者：您说从发现的文物看，中华文明又向前推进了六千年。

我：五千六百来年吧，净重。六千年属于毛重。

记者：毛重是什么意思？

扎伊诺：毛延寿他爹叫毛重。

记者：你们发现的文物是不是都有龙的造型？

我：说对了，龙牌、龙鼓、龙掏耳勺和龙夜壶，无一不全。

记者：你们上山干啥去了。

王瑙浩：我们被大炮……

我：大炮不是文物，我们是中外联合考古团，扎伊诺先生是团长。

记者：请问扎团长，这次考古活动最大的收获是什么？

扎伊诺：金饰牌。

记者：什么？

扎伊诺：我们发现的文物价值连城，超过比尔•盖茨财富的总和，我们发财了！

记者：按照文物法，中国地下文物属于中国政府所有。

扎伊诺：是的，但我们手里什么文物也没有。

记者：你说这是一场骗局吗？

扎伊诺：非也，他（指王瑙浩）捡到了一个龙形饰牌。

王瑙浩：我什么也没捡到。

记者：您呢？

我：捡到没捡到跟你没关系。我对王瑙浩耳语，你把那个虎咬牛的饰牌给他们看一下，他们拍照发表对这件东西出售有好处。

王瑙浩问，你咋不把你的东西暴露一下呢？

我从怀里拿出团豹饰牌，说，这件东西是王瑙浩祖上传下来的宝物，年代早于红山文化玉龙一千多年，这叫“金龙团圆”。

记者啪啪拍照。

王瑙浩从后腰抽出一把青铜弧背弧刃刀，说这是“龙抬头”青铜刀。

记者：这都是在格萨尔皮靴山发掘的吗？

我：错。第一，格萨尔皮靴山从今天起名字改为四海一家山，我们不能给靴子做广告。第二，这些文物都是从王瑙浩家拿出来的，我们上山是搞一个炒作点。

记者：您不觉得你们是一帮骗子吗？

我：觉得。

扎伊诺：我们要吸引世界的目光，改写商代以前的中华青铜文明史。

我回到了花火绣。

向外开的木制窗户的绿漆已经剥落了，一只红蚂蚁钻进玻璃泥子干裂形成的缝里。秋天为大地披上一件衰败的外衣，草叶从半腰折下来，紫红的边缘现出枯白。土地缩紧身体，黑色里透出灰白，累的。天空好像拆掉了十重戏台，比夏日深远。成行的大雁如同人眼中玻璃体混浊的蚊影，似飞如无。一只猫跳上高台，红胡子垂在肩胛。这是扎伊诺的猫，楚克。

想起楚克听到黄色笑话就会发笑，我对猫说：一个人问上帝，人的屁股为什么是两瓣的？上帝说，坐上去方便。这个又问，人为什么拉屎撒尿分两个部门？上帝说都有事干。你乐啊！

楚克不笑，用舌头舔舔爪子，一缩脖子，跳下窗台跑了。

我忘了一件重要的事，是好事。我躺下想，是什么好事？我甘油三酯下降了？不是。是我的跑步速度提高了，也不是。是北京房价降了？并不是。那件事埋在我心里一个被遮蔽的地方，像蒙一块毯子，它在里面动，催我想起它。在我欲睡未醒之际，念头来了——入睡前是意识跟无意识交接班的当口，这时人最聪明——我想起来了！下床打开景嘎送给我的礼物。这件好事是观看景嘎的礼物，我几乎忘了这件事。这是一个阿奇霉素药片的纸盒，里面有一页田字格纸的包装。打开，嗬，扑克的大王和小王。

景嘎觉得世上最伟大、最强势、最不可推翻的圣物是大小王，送给了我，多么纯真。

那么，他最喜欢的礼物是什么来着？我忘了，脑子被饰牌、树杈之类弄乱了。我躺在枕上闭眼想，没等入睡已想起来，景嘎喜欢放大镜。

放大镜也是神奇的东西，明天我去乌丹街里的眼镜店给景嘎买一个放大镜。

第二十六章

从格萨尔皮靴山下来后，我突然感到了害怕。人被卷到任何事情里面的可能性都是有的。忘了那一年，我在沈阳的银色鱼子酒店喝酒（那时还在喝），白的啤的红的灌下去，一以灌之的还有牛尾汤加酸奶，生蚝配榴梿。人喝醉了就跟动物一样，让喝啥喝啥。还喝了一碗林蛙油即此蛙之卵巢熬的汤，我没见过任何生物的卵巢，林蛙的呢？像棉花一样。请客的人一手拄着膝盖，一手拢我耳边说，喝完林蛙油再喝一碗狗蛋汤最好，后厨今天没狗蛋了。

上厕所。我在厕所瓷砖墙上的小镜框里看到一个笑话。女友：报上说捐精液每十毫升得三百元补助。男友：你想怎么样？女友：你身体挺好，捐呗，我还想买套房呢。男友倒地昏厥过去。这有什么可笑。我感觉有人往我右边裤兜塞东西，转头看，他又往我左兜塞。我说，哎，塞啥玩意儿？倒不出手看塞的是啥东西。定睛瞧，一个矮瘦的人，向我伪兮兮地笑。他后退一步双手按裤线上向我鞠了一个躬。他鞠躬把我吓醒了，这不是遗体告别吗？我仅用百分之一秒的时间想出他往我兜里塞的是炸矿山那种黄油纸包的炸药管，下一步他该窜到外边按下那个用手机改装的引爆装置。你他妈……我揪他脖领子，手劲大了，把他拽坐在小便器的凹兜里，像坐在婴儿车。我把他往里塞了塞，一手卡他脖子，一手掏兜，拿出来看——是钱，我没数，约一万。掏左裤兜，也是钱，薄厚和右裤兜差不多，也没数。但我还是很气愤，问：干啥？你想干啥？他朝厕所外挤眼睛，说小点声。我小声问：你给我钱干啥？他更小声说：玩呗。玩呗就给两万块钱，我想不对，尽管我喝了白的啤的……卵巢汤，也用不着给这么多钱。我问：玩呗是啥意思？他说我屁股底下全湿了，求你把我拽出来行不？我胯骨卡里边了。

我把他再往里塞了塞，这回瓷实了。用胶把他粘这儿更好，行为艺术。我问玩呗干啥？说。

他说没承想这事弄成这样了，挤挤眼，说，你看马德礼能不能判一缓二？

什么？我没听懂。

判二缓一也行，求求你。事后还有表示。他表情可怜，下牙里面嵌满了牙石，像黄瓷小便器。

我明白了，他正在贿赂法官。我说这么点钱就想判一缓二？我把钱扔他怀里，你这个案子，我看还是判七缓八吧。

别，别，他真急了，干蹬腿于小便器里无法自拔，偷一个小变压器也不能判七年缓八年啊？我弟弟那就完了。

那就判三缓九吧，就这么定了。我一甩袖子从厕所出来。回到酒桌，我正准备给他们讲这一奇遇。酒桌上站起一个人，指着我说，你看看，我正找不着外套呢，你给穿走了，快脱下来给我。

这家伙戴个假发套，每根头发都闪着猪鬃般坚硬的光，他是法官。

猪鬃法官披上我递过去的衣服，掏上下里外兜，说，我得数一数，我兜里一共装了六个避孕套，看看丢没丢。

多会说话，假装说避孕套，检查我偷没偷他东西。

哎，法官假装摸兜里，怎么多出一个避孕套呢？哈哈。喝林蛙油喝出套来了。哈哈，大伙一起笑，嘴张得像恐龙唱歌。

法官扶发套，说，我也得方便一下。

正说着，门外冲进一帮人，领头是坐小便器里那个人，有穿竖条裘皮大衣的女人，还有一个老太太和长得跟司机似的一个男人。小便器里人“咣当”给法官跪下了。

李庭长啊，你怎么能判三缓九呢？我看过法条，也没这么判的啊？

老太太说，马德礼家还有孩子呢，缓九上哪儿找工作啊？我们都是弱势群体。

法官说，嗯？你们起来，谁说判三缓九？

你？小便器里人突然来了火气，指法官，你嫌钱少，上礼拜给你送两万了，你说一年两万，这不四万吗？他手掂两摞钱。

法官推他们，出去说。

出去你姥姥，司机样男人说话大连口音，他抄起一盘炒蒜薹扣到法官脸上。

乱了，拉仗的，听骂的，我出了屋，困意上头。卵巢汤怎么能上头呢？中医所说胆经、膀胱经顺头而下，卵巢怎么能上头呢？我回家睡觉去吧，头放平就好了。

路上我想，卵巢这个名字起得多朴实。巢，遮风避雨的，树枝搭成的小鸟的窝，这是环保爱心人士起的名。人体器官里面既有好名也有烂名。阑尾，根本不能切中要害，让人想到烂楼，哪如叫末肠？膀胱起得气势宏大，飞流轰溅，气势膀胱，像不像汉赋？人体还有一个让人蒙冤的部位叫耻骨。我们没干什么坏事，凭什么把我们身上一块骨头命名为耻骨？《现代汉语词典》（中国社会科学院语言研究所词典编辑室编）“耻骨”目条曰：“骨盆下部靠近外生殖器的骨头，形状不规则，左右两块结合在一起”。简直没道理，形状不规则的骨头就叫耻骨吗？左右两块结合在一起就耻吗？我看问题出在这块骨头靠近外生殖器，才引起起名者的报复心理。现在百废待兴的事太多了，顾这个顾不了那个。你说这些器官的名称都是谁起的呢？这是一个人，几个人，还是古代皇帝招一帮人开会起的？可能是这样，找一个人站着，衣服脱溜光，大家从上到下给他器官起名。再搬进一具死尸放桌上，开开，给里边的东西命名。“耻骨！”一个猥琐的人尖声喊道，他本是太监抱养的孤儿，见到这一片儿就耻。从严谨的角度说，每个器官的命名者应留下自己的名。如：尾椎，司马迁起，曰司马迁尾椎。胫骨，苏轼起，曰东坡胫骨。天灵盖，霍去病起。依此类推，现在电流的伏特、安培不都是人名吗？卵巢的巢起得好，子宫的宫起得更好，是对人最早的房子的礼赞，比《白杨礼赞》还赞，这都是文明人起的名。

我想这些事的时候，街道下来夜雾。像被蒸气占领了，只能看到最近的街灯，车辆速度变慢，亮起前后灯。后面有人喊：就是他！回头看，四五个人拼命朝这边跑，但速度不快。追我吗？临近七八米处，我见到镶嵌在小便器里的那个矮个子，脸都跑白了，手指我，就他。他后边跟着法官，法官手拎着假猪鬃发套，另一只手按肋部。快，抓住他。

我一听乐了。抓住我？别不知好歹了，别忘了你身上有耻骨。写小说我外行，跑步我根本不需要谦什么虚。我嗖嗖地跑一段，站下，向他们缓缓地摆手。再跑一段，停下打太极拳。起势，野马分鬃，抱球。眼懒懒地欠一小缝观之。再打——揽雀尾。他们绝望了，蹲地下骂。法官说：你叫啥名？他怕他的骂落空，问我名字。我说我叫耻骨。法官说，耻骨你是大骗子。矮个人说，你妈的耻骨！其实我想上前打他们一顿。我走过去，离四五米远，他们喘粗气，都站不起来了。法官说，耻骨，你造谣惑众。矮个子说，他把我塞小便器里，尿泡着，他说判七缓八，判三缓九，多狠。

我不能打他们，就像不能打蹲厕所拉屎的人。我说：四万，判二缓一，行不行，厕所的账平了。

我转身在白雾里慢跑，到十字路口出人意料地拐向左，再回头直行。翻墙头进一个小区，把一个捡垃圾的女人吓得袋子都不要了。

回到家睡了，第二天早上想，有人往我兜塞了两万块钱，我把法官的衣服穿错了。但，如果小便器人早把钱送给了法官，法官不办事，谁说送礼人不会拿一把尖刀扎死我呢？每一件事情根据时间、地点和当事人心情都可能产生二十多种不同的结局，很危险，就像我在皮靴山上的遭遇。如果匈奴墓里有王昭君享尽荣华富贵死去灌水银分泌的甲烷气体，不就把我熏死了吗？墓塌了也能把人砸死。我越想越后怕，我盯着税务所房顶，想，房顶的水泥预制板会不会没搭好掉下来呢？比如预制板只搭在砖墙上一点点，日久天长，轰隆塌下来。我赶紧爬起跑出房门，希望预制板随后塌下来，尘土迸扬，但仅仅砸到我脚后面一寸的地面上。可是预制板并没塌，农村的预制板真固执。

现在是下午五点多，空气像清晨那么透明。税务所屋顶砖红色的石棉瓦被余晖蒙上一层亮色，变为橙红。短胖的百灵鸟在屋顶翻飞。它飞不高，仰头举翅，仿佛想抱住什么歇会儿。花畦的江西蜡花、鸡冠花都显出疲倦，像忙了一天准备脱掉鞋袜休息。一只像燕子那么大的蝴蝶，翅上带两只翻白眼的花斑，落在扫帚梅的花朵上，与之耳语。远处传来牛倌的吆喝。我要到后院看看我种的三色堇。上皮靴山之前，它们已冒出针尖似的芽。后院很大，种西瓜、香瓜、向日葵，墙边种玉米。

我走向我的花，看到玉米下面露出一双脚，上面被茂密的叶子挡着。这是谁？我猫腰看，棕色的大皮鞋，扎伊诺。他在教玉米说波斯语吗？

哈哈哈哈，我抬头看，猫坐在墙头，张大嘴笑出声来。这时另一双脚从扎伊诺身上滑落，穿旅游鞋红袜子。女人。

扎伊诺拨开玉米叶子走进来，手牵着灌他粪汤的那个女人，个头只到他肩膀。

鲍，扎伊诺捏捏女人后脖颈，你可能看到了，我们在接吻。

女人点点头，目放柔光。她说，中国话叫亲嘴。我跟老扎学了不少他们那儿的话，接吻、抚摸、前戏。他们那儿的话比山西话好学多了。

我叹口气，心想这个娘儿们真不知好歹，还前戏。我说你去了他们那儿可别说前戏啊。

她腰一扭，哪能，咱们中国人就说中国话，前戏就是咱们说的稀罕。

鲍，扎伊诺用宽大的手掌按住胸脯，我保证我每天都在进步。跟她接吻的时候，我发现她有三颗牙已经松动了，这是牙龈萎缩的前兆。

女人飞他一眼，你缩的比谁都快。

我心想他们俩咋这么不要脸呢？我问扎伊诺，你的舌诊是跟蛇学的吧？

扎伊诺拍那个女人屁股，你走吧，我们要谈话了。

女的欢快而去，肩—腰—臀拧成柳条形，仿佛预感有人在后面看她走，指尖一甩一甩，出风情。

鲍，扎伊诺蹲下，我只好蹲下。财宝怎么办？他问我。

我的财宝放在登山背兜的小袋里，我也没得到什么财宝。我觉得手里有太多死人的东西不好，你并不是它的主人。我有一个急递铺令牌，上写“传什么巡什么铜牌”，篆字。既然是银牌，上边为什么写成铜牌呢？我在山上捡了一个双鱼纹铜镜，女真人才有这东西，我还有一件小熊的玉佩件。

老扎！那个女人跑回来，手舞炒菜的铲子。来人啦，开好几辆车呢，找你！

我们过去，见院里停一辆集装箱车，一辆悍马吉普。

吉普下来几个人，为首的头染绿发，后边的人手捧纸盒子。绿发迎前，摘墨镜，说牛必得。

基金会这帮人来了。

进了屋，牛必得说，祝贺你们。祝贺前先送你们一点小礼物。他手下人把纸盒放下，每人一台苹果笔记本电脑。

干什么？扎伊诺问。

见面礼，牛必得说。

你们一定另有所图，扎伊诺说。

我们……牛必得用车钥匙刮桌子上的一个斑点，可能是苍蝇的卵……只是按基金会的指令工作。你既然这样说，开诚布公更好。你们在格萨尔皮靴山汉墓的收获打算怎么处理？

皮靴山？扎伊诺皱着浓重的眉毛，哪个皮？是放屁的屁吗？

牛必得宽容地笑了，全世界都知道了。你知道，网络传播得很快。

是的。扎伊诺严肃地说，我不会卖给你，但我愿意让你成为我这批东西的代理商。

这太好办了，牛必得转向我，您呢？

我……其实我想换钱，但我不想参与现金交易。

牛必得在拍我肩头的同时伸出食指，你聪明。我开来了集装箱车，里边装着液晶电视、苹果电脑、旅游鞋、电饭锅、羽绒被子、牛皮手绘的成吉思汗像，我有一切。我打算拿这些东西跟你们，也跟这地方的老百姓换手中的宝物。

有放大镜吗？我问。

牛必得像聋了一样侧过耳朵，什么？

放大镜。

放大什么？

你愚蠢，我对牛必得说。什么也没放大，物质是无法放大的，当然它在视觉当中感觉被放大了，我用手比乎，像将军拿放大镜在军用地图上查看战役的地名。

嗨，牛必得对手下说，凸透镜，马上到乌丹买一百个放大镜。

不用，买一个就行了，我说。再买一个暖瓶、一双雨靴、一块头巾，我要送给景嘎和他的父母。

牛必得说，每一样东西都买十个，现在就去。

那女人拽住牛必得的袖子，别走，我也想买点东西。她看扎伊诺，你怎么不说话啊？他都买放大镜雨靴了，我要买杏仁乳。

扎伊诺沉默不语。

你他妈就会说接吻、抚摸，你个老傻×，你快说呀。

买，买，扎伊诺说。

女的用奇快的速度像背课文一般朗诵，我要买：万紫千红搽手油眉笔舒尔美牌防夜漏卫生巾绿豆糕一对带把玻璃杯四节五号电池六双袜子一双棉袜绿裙子红裙子蓝裙子粉裙子带白边的紫裙子鸳鸯枕套给我弟弟漏勺味精芹菜籽耗子药筷子笼鸡毛掸子拖鞋呼啦圈假牙索米痛片风油精搓衣板猫的碗盛饺子的大碗指甲油蚊香喷壶牙签蒋雯丽戴的围裙风湿膏大木梳小木梳还要塑料皮的记账本……

No. 牛必得挥手，对女的说你跟他去，不然他记不住，全买下。

女的跳起来，脸涨红，我还没说完呢！

牛必得说，到百货大楼说。

女的一甩头发，说，走，上乌丹！

我懂一点大脑神经学，关于记忆与表述的机理。但我仍不能理解这个女人这么快说出这么多东西。难道她知道这一天早晚会到来，每天早上都把这单子背一遍吗？能人啊，民间能人。

那女人跟牛必得的人出屋时拽了一下扎伊诺袖子，送眼风，说：把这些东西买齐，死都值了。

他们出了屋，扎伊诺喊，路上想想，多买点。他对牛必得说，我不会让你给她白买，从后腰抽出一个青铜当垆递给牛必得。然后瞅我。

我问牛必得，一个铜镜能不能换十台液晶电视机？

牛必得说能。

我说我有，我还有一个令牌，再换十台电视机。

牛必得撇撇嘴，说那只能换二十七英寸的。但你要免费写一句诗，送给雅罗斯拉夫公爵夫人。

她又离婚了吗？

牛必得垂下头，点了点。说，她这是第十六次离婚，但公爵夫人已经找了一个新对象，是阿根廷人，庞隆夫人的摄影师兼私人灌肠师。我们会把你这句诗译成古老的拉丁文，在婚礼上朗诵，最好现在把诗就作出来。

我在地上走，一步、两步、三步，每步约七十八厘米；四步、五步、六步停住，告诉他记录。牛必得的一个助手打开电脑，准备打字。

诗，我说，贺雅公爵夫人燕尔燕尔再燕尔。

助手问，是咽气的咽吗？

我指助手对牛必得说，踹他，公爵夫人假如这次婚姻又失败了，完全是他搞的鬼。诗，贺雅夫人燕尔燕尔再燕尔，燕子的燕，哈尔滨的尔。

你的诗翻译成拉丁文之后一定显得深不可测，我们要把诗刻到水晶盘子上，送给夫人。

那好，再送我点啥？我问。你们集装箱车里东西多了。

唔，牛必得思考，打开电脑看了看，说，他们的车从乌丹已经回来了，我的卫星全球定位系统今天很灵光，他们到门口了。我再送你一箱方便面，你对过期的不介意吧。

行吧，这帮家伙。

院子里，悍马吉普刚停稳，那女的就从车上跳了下来，一手举鸡毛掸子，另一手拎个瓶子，喊，老扎，醋，我给你炖滑子鱼！

司机说，放大镜和所有东西都买回来了。

我回屋，从登山背兜里取出令牌和鱼纹铜镜，交给牛必得。我对扎伊诺说，你去检查她的牙吧，我把我赚来的二十台电视机全部送给牧民。

上汽车，我去景嘎家。一群野雁追着我们的悍马吉普飞，甚至飞到了车前面，像去报信。上午下过雨，凹处的草里藏着水镜子，云彩也在草里的镜中穿过。景嘎家的房子出现在视野里。一个孩子举着破笊篱扑蝴蝶，猫在他身后耸跃。见到车，他驻脚往这边看，我已能看清他敞怀露出的肚子。肚皮白，肚脐泥黑。他是景嘎。景嘎不知道我给他带来了放大镜、电视机和他送我的扑克大小王，要不扑克没法玩了。车上还有我拿财宝换的、送给王瑙浩和德力格尔玛的西门子滚筒式洗衣机。我的手在兜里摆弄熊形佩件。这是卧熊，短尾长鬃，小耳尖嘴，头左向紧贴着长爪。玉佩通体青白，熊鬃一抹是烟熏黄，特别可爱。以后我到哪里都要拿上这个玉佩，用拇指摸它冰凉的鼻子和耳朵。多好。

车停在景嘎家的门前。